Tout mon amour à la "Z family" mon clan, mon gang, ma vie.

À Isabelle Z sans qui j'aurais été incapable d'aller au bout.

Aux « amis Facebook » connus ou inconnus qui m'ont donné l'idée de ce recueil que je n'aurais jamais eue tout seul.

À la comtesse Lorraine Z, pour toujours.

AVANT-PROPOS

Certains me connaissent à travers mon métier de producteur de musique.

Mais c'est plutôt en tant que « Gaulois réfractaire et non-essentiel » comme m'a surnommé notre président de la république en 2020, que j'écris mes chroniques très régulièrement sur mon compte privé Facebook.

J'ai décidé de les réunir dans cet ouvrage afin d'avoir des souvenirs de cette période si particulière que nous vivons à cause d'un « Chinois qui aurait mangé un pangolin , voire une chauve-souris pas fraiche » puisque c'est, pour l'instant, la seule information « officielle » répondant à l'origine du covid.

Comme nombre d'entre-nous je crois, j'ai vécu cette incroyable période de notre histoire dans l'incrédulité, la colère, la peine, mais aussi souvent le rire et surtout l'espoir.

Heureusement, la vie continue dans notre monde, même si les anciens dont je fais désormais partie, le voit évoluer parfois d'une drôle de façon.

Je ne prétends pas être le porte parole de qui que ce soit.
Je ne prétends pas non plus avoir inventé « la machine à courber les bananes ».

Je souhaite simplement, à travers ces chroniques, partager avec mes congénères, les sentiments mélangés d'un citoyen français originaire des Charentes et de Tunisie.

Une sorte de « couscous cognac », amoureux de son pays la France, de sa culture, de sa gastronomie, de sa langue, et de sa civilisation.

Je vous souhaite donc une bonne lecture « sous vos applaudissements » comme disait le grand Jacques Martin.

Bonne année
01 Janvier

Le « non-essentiel » que je suis vous souhaite une année 2021 pétillante, pleine «d'ivresse et d'amour».

Une année 2021 qui sera je l'espère plus solidaire avec les plus démunis et les plus fragiles.

Une année 2021 où l'on pourra enfin étreindre à nouveau ceux que nous aimons mais aussi redevenir « essentiels ».

Premier énervement de l'année
04 Janvier

Le département de la Moselle est l'un des plus touchés par la Covid.

A tel point que le couvre-feu y a été avancé à 18 heures.

Cela n'a pas empêché la présentation de « Miss France » d'y avoir lieu, provoquant une réunion de masse au mépris total des gestes barrières.

Nos artistes sont condamnés au silence scénique.

Nos intermittents sont enfermés chez eux et ne savent toujours pas comment ils vont bouffer à partir du 30 août puisque si les spectacles ne reprennent pas et si les salles ne rouvrent pas, ils ne pourront pas effectuer les 507 heures de boulot qui donne accès à leurs droits.

Et pendant ce temps-là, l'inénarrable Roselyne Bachelot chante dans une émission de fin d'année de Patrick Sébastien sur C8.

L'attitude de cette « ministre » de la culture qui fait la promo de sa bio sur France 2, joue à la comédienne sur TF1 et à la chanteuse sur C8, n'a l'air de choquer personne.

Sans doute parce que l'état, en balançant « un pognon de dingue » pensait acheter notre silence.

Pour ma part il ne me bâillonnera pas avec des aides.

Voir cette ministre faire la fête et voir ces images de miss France en Moselle me met. en rogne.

Dénoncer ces guignolades ne changera rien mais aura au moins le mérite de me calmer.

Bon lundi sous vos applaudissements.

Hommage
Jean-François Bouquet
06 Janvier

Jeff mon pote,

Tu vivais en Normandie mais projetais de
t'installer dans le sud près de ton meilleur pote
Stéphane.

Nous nous étions parlé avant les fêtes de cette
opération que tu redoutais tant.

Et au milieu de tout ça nous continuions à
parler musique.

Mais hier ton cœur a lâché et tu es parti
rejoindre les « guitar-heroes » que tu aimais tant
et le mien s'est brisé aujourd'hui.

Jeff mon pote, je te souhaite un bon voyage
dans un pays composé de gens comme toi,
bienveillant gentil et en empathie avec les
autres.

J'ai une grosse pensée pour Melody, ta fille et
pour tes amis proches.

Quant à moi je vais casser mon « janvier-sansalcool » et me saouler à ta mémoire.

Si tu croises Christophe, dis-lui qu'il me
manque terriblement et gardez moi une place
là-haut mais en Vip…

tu sais comme je suis snob et ça t'as toujours
fait marrer

So Long Jeff Bouquet.

Plus que Jamais Charlie

07 Janvier

Fréderic Boisseau
Cabu
Charb
Honoré
Tignous
Wolinski
Elsa Cayat
Bernard Maris
Mustapha Ourrad
Franck Brinsolaro
Michel Renaud
Ahmed Merabet

Charlie Hebdo 070115

Ni oubli ni pardon.

#JeSuisCharlie

Pensées
07 Janvier

Chez nous, il est plus facile de trouver de la coke, du shit ou de l'herbe qu'une dose de vaccin.

Si l'état avait confié ce business aux dealers, la France entière serait vaccinée depuis 15 jours.

#AlCastexEtSaBande

La familia grande
07 Janvier

J'ai lu « La familia grande » de Camille Kouchner en 2 heures ce matin.

Ce livre est beaucoup plus pudique que ce que la presse a laissé entendre.

Camille Kouchner a eu un courage énorme de l'écrire.

Sans dévoiler l'histoire, cette femme s'est retrouvée face à un terrible dilemme.

J'ai vraiment de la compassion pour elle bien sûr mais aussi et surtout pour son frère, victime d'une des plus grandes violences qu'un enfant puisse vivre.

Je vous le conseille vivement.

Notre pays se grandirait en abrogeant « la grande loi de l'oubli » à savoir la prescription en ce qui concerne la pédophilie.

Je veux être vacciné
08 Janvier

Je veux être vacciné.

Je veux prendre la place de ceux qui ne veulent pas l'être.

Je ne les juge pas et je respecte leur décision.

Mais je veux sortir de ce cauchemar.

J'habite dans le pays qui a créé les vaccins.

J'ai été vacciné toute ma vie dès mon plus jeune âge.

Tous les ans je me fais vacciner contre la grippe.

Alors je tiens à faire partie de ceux qui pourront se faire vacciner le plus vite possible.

Pour moi le vaccin c'est la liberté et la sécurité.

Un Zeitoun vacciné est un Zeitoun soulagé.

Bon vendredi sous vos applaudissements.

#BalanceLesAiguillesJeannotlEpee

Pas de réactions
16 Janvier

Certains m'ont demandé une réaction aux déclarations dans « L'Obs », d'une immense « chanteuse comédienne » à la carrière d'une longévité exceptionnelle de 8 ans.

Pour être honnête, je m'en tape.

Les obsessionnels de la race, des religions, des non-genrés, des non-binaires et autres conneries à la sauce américaine m'en touchent une sans faire bouger l'autre.

Je suis né avec l'idée que les enfants ne sont pas responsables des erreurs de leurs anciens et n'ont pas à les payer.

Je suis né avec l'idée que tu fais ce que tu veux avec ton cul, ça ne me regarde pas.

Je suis né avec l'idée que la connerie n'a ni sexe ni religion ni couleur de peau.

Elle est ancestrale, universelle et sans frontières, voire mutante comme le Covid.

Si elle était cotée en bourse, elle serait une bien meilleure valeur refuge que celle d'Amazon.

Il n'y a donc pas grand-chose à faire contre la bêtise humaine, si ce n'est d'essayer de l'éviter, ce que je m'efforce de faire depuis de nombreuses années maintenant.

Bon samedi sous la neige et sous vos applaudissements.

Hommage Phil Spector

17 Janvier

Dieu du son.
Démon du calibre.

Le mur du son s'est écroulé.

So Long Phil Spector.
261239-170121

Hommage
Jean-Pierre Bacri
18 Janvier

En 1981, j'ai 15 ans et je vous découvre dans « le grand pardon », film devenu culte d'Alexandre Arcady adaptant Coppola à la sauce « judéo-algérienne » avec talent.

Vous y interprétiez un petit mac impeccable qui savait mourir à l'écran.

Mais vous avez très rapidement imposé votre style « mcheun » tel un oursin : piquant à l'extérieur mais tendre au goût de noisette, à l'intérieur.

Au point de devenir le « râleur préféré » des français.

Mais aussi et surtout, l'auteur préféré à la fois du cinéma français et du grand public fait rarissime de nos jours.

Exigeant dans vos choix, votre écriture cinématographique, le choix de vos personnages, sonnait toujours juste à nos coeurs quelque soit l'histoire.

En cela votre couple avec Agnés Jaoui a révolutionné le cinéma français des années 90.

Vos talents d'acteur ont séduit les plus grands réalisateurs Arcady, Kurys, Lelouch,

Pinoteau, Besson, Ribes, Robert Poiret, Gatlif, Mocky, Boisset, Nakache et Toledano... j'en passe et des meilleurs

Vous m'avez régalé dans « Cuisine et dépendances », « Mes meilleurs copains », « L'été en pente douce », « Mort un dimanche de pluie », où plus récemment dans« Le sens de la fête ».Et puis je me délectais de vos apparitions télévisuelles ou vous dénonciez l'absurdité du système médiatique avec un humour corrosif qui faisait même rire vos propres victimes.

Vous allez non seulement manquer au cinéma français mais aussi au « fan de base » dont je fais partie.

J'ai en mémoire une discussion de « bourrachos » que nous avons eue il y a des années aux

« Bains », que je garderai pour mon jardin secret.

C'est un bout de toute la France que j'aime qui s'en va avec vous aujourd'hui.

So Long Jean-Pierre Bacri.
240551-180121

Vive les contradictions
19 Janvier

Les hommages unanimes pour Jean-Pierre Bacri sont touchants et rassurants.

Les français de tous horizons de toutes cultures aimaient cet acteur qui était bien plus que ça , et qui a semé tel le petit Poucet ses cailloux, les différentes facettes d'un homme à travers ses rôles.

Un homme peut être courageux et lâche dans une même vie.
Un homme peut être généreux et calculateur à la fois.
Un homme peut douter et être plein de certitudes.
Un homme peut-être être macho et féministe en même temps.
Un homme peut-être drôle et angoissé, en colère et apaisé.

Jean-Pierre Bacri était tout cela à la fois au fil de ses rôles mais aussi de ses interviews.

Un homme tout en nuances.

Il avait surtout une qualité très importante à mes yeux : la pudeur.

La pudeur des sentiments qu'on cache parfois derrière un caractère bien trempé ou une façon d'être de mauvaise composition.

Oui Bacri va énormément manquer car il faisait partie de ses rares acteurs qui ont fait du cinéma français cette fameuse « exception culturelle » dont nous avons été si fiers mais qui disparaît petit à petit au profit de l'américanisation de nos arts.

Nous n'avons pas perdu qu'un auteur ou un acteur d'immense talent.

Nous avons perdu un homme avec ses contradictions, ses doutes, ses certitudes...un homme auquel on aimait s'identifier.

Des comme ça y'en aura plus, le moule est cassé.

#Bacri4Ever

Touche pas à mes vieux
20 Janvier

Nous commençons à assister mine de rien à une scission larvée entre les « actifs » et les retraités dans la société française.

J'ai entendu sur une grande radio nationale une jeune femme de 35 ans dire tout en détente que nous étions en guerre contre le Covid et qu'on ne pouvait plus se permettre de tuer l'économie pour protéger « les vieux ».

Dans une guerre, il y a des morts a-t-elle continué, et elle a considéré que les « vieux » avaient assez vécu donc qu'il fallait les sacrifier.

J'ai aussi entendu un journaliste prétendre que c'était la première fois qu'on sacrifiait la jeunesse pour protéger les vieux.

Ce type a dû avoir sa carte de presse dans « pif gadget » puisqu'il me semble qu'on a envoyé les jeunes à la guerre depuis la nuit des temps.

Un autre qui prétend qu'il n'y a aucun intérêt à vacciner une personne âgée.

Une autre, considère qu'il aurait fallu vacciner les « actifs » en priorité puisque « les vieux » coûtent de l'argent à la société.

Ces gens odieux, ont l'air d'oublier que les vioques ont cotisé pour leurs ainés et que c'est à notre tour de cotiser pour eux et de les protéger.

La nature humaine cherche toujours des boucs émissaires et il semblerait que ça tombe sur nos anciens.
Ces gens me dégoûtent du plus profond de mon être.

Une société qui ne protège pas ses anciens est une société barbare et archaïque.

Je comprends la détresse économique car je la vis à travers mon métier.

Je suis solidaire des restaurateurs, des boites de nuit, des salles de sport, bref de tous ceux qui sont empêchés de travailler depuis le début du Covid.

Mais l'idée de sacrifier nos anciens me glace le sang.

Moi, nos vioques, je les aime, je les remercie et je les protège.

Alors, j'invite les sinistres crétins « antivieux » à se souvenir de ces quelques vers de Corneille :

« Le temps aux plus belles choses se plaît à faire un affront et saura faner vos roses comme il a ridé mon front ».

Bon mercredi sous vos applaudissements.

Bardot, Deneuve
Mes féministes à moi
23 Janvier

Féministes parce qu'elles ont été les premières actrices « bankables » du cinéma français à une époque où il était le domaine réservé des hommes.

Féministes parce qu'elles ont choisi leurs rôles.
Féministes parce qu'elles ont fait briller la France dans le monde entier.
Féministes parce qu'elles ont eu les mecs les plus brillants qu'on puisse avoir.

Bardot a choisi d'arrêter sa carrière au sommet et j'aimerai bien voir qui en serait capable aujourd'hui.

Deneuve tourne avec une frénésie incroyable et avec toutes les générations d'acteurs et de réalisateurs depuis 50 ans.

C'est ça ma définition d'une actrice féministe.

Pas les chouinements ridicules de vulgaires

comédiennes en mal de promo populaire et au
cv aussi épais que la carte grise de ma bagnole.

#Bardot4Ever#Deneuve4Ever

Journée de la mémoire des génocides
27 Janvier

Aujourd'hui je voudrais m'adresser humblement aux victimes de l'Holocauste.

Je voudrais pouvoir prononcer chaque nom, chaque prénom de ces millions d'innocents enfants, femmes, hommes, vieillards, juifs, infirmes, homosexuels, objecteurs de conscience, opposants au régime barbare.

Je voudrais leur promettre qu'ils n'ont pas été humiliés, battus, spoliés puis massacrés pour rien.

Je voudrais leur dire que nous sommes des millions à honorer leur mémoire et que nous sommes des millions à nous battre contre la barbarie, l'obscurantisme, la bêtise crasse et pas uniquement le 27 janvier.

Je voudrais leur dire humblement que je ressens leurs souffrances au plus profond de ma chair.

Je voudrais leur dire que j'entends les cris de leur désespoir dans ma tête.

Je voudrais leur dire que je souhaite qu'ils aient trouvé la plénitude et que leurs bourreaux aient trouvé la douloureuse errance éternelle.

Je voudrais leur demander de nous aider pour que plus jamais ces horreurs n'arrivent ici-bas car la bête immonde bouge encore

Je voudrais leur dire que je ne les oublie pas et que je ne pardonne pas.

#NiOubliNiPardon

Hommage
Richard Aujard
03 février

Richard mon pote,

Tu as vu le jour à Hasparren, un de ces écrins qui fait du Pays Basque la plus belle région du monde.

Passionné de deux roues, tu seras champion de moto-cross à l'âge de 16 ans.

A 19 ans tu travailles comme photographe pour le magazine Vogue mais le monde feutré et superficiel de la mode ne te convient pas, à toi qui rêves d'aventures et de grands espaces.

Alors tu t'envoles pour l'Australie où ta rencontre avec les Commancheros , un gang de bickers agités, déterminera la suite de ta carrière.

Tu disais aimer à la fois « la force et les fêlures chez les êtres » et c'est ce qui fera ta marque de fabrique.

Mickey Rourke, Mike Tyson, NTM, Joey Starr, Beatrice Dalle, Monica Bellucci, Éric Cantona, Christophe Tiozzo et bien d'autres félins se sont laissé apprivoiser par ton talent.

Ils ont tous senti en toi non seulement un immense artiste, comme eux, mais aussi et surtout une bienveillance totale, pure, sans jugements.
Incroyablement ouvert sur le monde, tu as vécu avec des tribus Apaches Hopis Navajos dans des réserves indiennes.

Tu as aussi consacré un livre aux Charros Mexicains.

Ton humanité t'a emmené à Haïti lors des séismes de 2010 ou encore à Oulan Bator en Mongolie pour rencontrer les « orphelins des tranchées » et les ninjas chercheurs d'or.

Même l'armée française a fait appel à tes talents

pour immortaliser une galerie de portraits de ses différents contingents.

Oui tu étais un dompteur de fauves mais pas avec un fouet dans une cage.

Mais avec ta profonde gentillesse et ton empathie.

Avec cette part d'humanité en plus qui fait les grands hommes.

Le monde artistique perd un immense photographe.

Le monde des hommes perd un mec fantastique.

Et moi je perds un pote qui a eu des mots apaisants à des moments compliqués de ma vie.

J'ai une pensée pour Liza ta compagne, ton double, ta muse.

Avec elle vous formiez un couple qui respirait l'amour.

L'émotion que ta cruelle et subite disparition
suscite, souligne que tu n'étais pas un homme
comme les autres.

Je crois bien que tu étais un ange.

Puissent ceux du ciel t'accueillir comme tu le
mérites c'est à dire comme l'un   des leurs.

So Long Richard Aujard.
1965-2021

Y'a qu'un cheveu sur la tête à Mathieu

04 février

Le nombre de femmes qui ne s'épilent pas le pubis a presque doublé en 10 ans nous apprend le journal 20 mn.

Cette information de la plus haute importance s'est glissée dans ma revue de presse matinale.

Camille Desmoulin, Pierre Desgraupes, Hubert Beuve Marie peuvent aller se faire oublier de l'histoire, car nous avons maintenant de sacrés journalistes.

Nous apprenons donc que la moitié des femmes ne s'épilent plus le pubis.
Parfait pour débattre de qui préfère le ticket de métro, la frime à Kojak ou les aventuriers de la jungle boréale.

Mais pourquoi illustrer cette incroyable information qui va changer l'histoire du XXIe siècle par des carottes râpées poivrées dans un saladier en verre ?

Ça fausse tout l'article.

Sinon il aurait fallu titrer « la moitié des femmes rousses qui aiment le poivre ne s'épilent plus le pubis ».

OK, mais il y a beaucoup de carottes râpées sur la photo, ce qui implique que les femmes rousses qui ne s'épilent plus sont jeunes sinon elles auraient moins de poils.

Il aurait donc fallu titrer « la moitié des jeunes femmes rousses qui aiment le poivre ne s'épilent plus le pubis ».

On se rapproche plus du journalisme qui se doit d'être précis dans les chiffres et les faits.

Ensuite que viennent faire les couverts en bois et le saladier en verre dans cette affaire ?

Les couverts en bois seraient-ils une référence aux arts premiers africains ?

Si c'est le cas alors ça s'apparente à de « l'appropriation culturelle » si chère aux « wokistes ».

Il faut donc changer le titre pour Libération :

« Un scandale français » :
La moitié des jeunes femmes rousses qui ne s'épilent pas le pubis sont des adeptes de l'appropriation culturelle africaine, la France Insoumise est scandalisée ».

Quant au saladier en verre, il pourrait faire le bonheur de BFM Business :

« Excellente nouvelle économique » :
D'après une étude récente, la moitié des jeunes femmes rousses qui ne s'épilent plus les poils pubiens consomment des saladiers en verre et du poivre.

Les actions Saint-Gobain et Roellinger en fortes hausses à la bourse de Paris.

Finalement ce n'est pas si compliqué que ça le journalisme moderne.

Bon jeudi sous vos applaudissements.

6 mois que chat dure
06 février

6 mois que chat dure.

6 mois que ce greffier me snobe alors que nous avons le même rituel tous les matins.

Il attend devant sa gamelle que je fasse mon café et que je le boive.

Puis je lui sers un savant mélange de gelée et de croquettes spéciales, car ce fils de Mélenchon est obèse ce qui ne l'empêche pas de grimper aux arbres et en haut de la turne.

Ensuite je lui fais couler l'eau du robinet, rapport ce que ce snobinard ne boit pas dans une timbale.

L'eau doit être à la bonne température, ni trop froide ni trop tiède.

Puis je dois lui ouvrir la lourde pour qu'il aille faire sa promenade dans le parc, mais attention, je dois laisser la porte ouverte et me geler les glaouis en attendant « monsieur », sinon il fait la frime pire qu'une nana à qui tu aurais demandé quand est-ce qu'elle va chez le coiffeur alors qu'elle en sort.

Bref ça fait 6 mois que je suis l'esclave de ce vieil empaffé qui me snobe royalement.

Ce faux derche ne me regarde que pour avoir sa gamelle.

Et puis ce matin miracle, il passe en ronronnant entre mes jambes magnifiques en rentrant de sa promenade.

Ému comme la comtesse devant Pretty Woman , je le caresse, et oh surprise, il se laisse faire pour la première fois depuis 6 mois,   puis disparaît.

Le temps de me refaire un café, je remonte dans mon paddock, mais ma place est prise.

Ce salaud de greffier s'est glissé dans mon lit à côté de la comtesse qui dort encore, rapport à ce qu'on a fait les cons très tard, mais ça ne vous regarde pas.

Il me regarde avec une défiance non feinte, style
« essaie donc de me virer de ta place. ».

Ah le salaud !
Il m'a bien eu.

Mais la partie n'est pas finie mon vieux, car tel
le commissaire Juve avec Fantomas, « je l'aurai »
ce vieux matou.

Cette histoire me fait d'ailleurs penser à une
question qui me taraude depuis longtemps :
est-ce que le journaliste sportif Hervé Mathoux
habite à Chaville ?

Bon samedi sous vos applaudissements.

Je déteste la Saint-Valentin
12 février

La « Saint Valentin ».

Quelle fête de ploucs.
Riches ou pauvres.

Lui ce matin en allant à son bureau dans sa bagnole :

– Oh merde faut pas que j'oublie la Saint Valentin dimanche.
Je vais lui offrir des fleurs ou un bijou, on va boire du champagne et avec un peu de chance je vais pouvoir tirer un coup.

Elle avec sa copine :

– J'espère que cette année il ne va pas se foutre de ma gueule et que le caillou va être gros. Déjà qu'on ne peut pas aller au resto… il avait oublié l'année dernière tu te rends compte ?
– Oh quel mufle !

– Bon j'ai quand même pris rendez-vous chez l'esthéticienne pour le maillot et j'ai acheté des dessous chez Victoria Sécrétion.

Et le soir, tout le monde fait semblant.

Lui (tout fier)
– tiens mon amour un petit cadeau!

Elle (feignant l'étonnement) :

– Oh ! Une bague tu y as pensé comme tu es gentil mon chéri… mais tu es fou elle est magnifique.

Lui (à lui-même) :

– Avec ce qu'elle m'a coûté ma vieille ce soir tu passes à la casserole, grand jeu façon Bocuse en cinq services.

J'ai une chance folle, car la comtesse est comme moi, elle déteste cette fête dégoulinante de « gnangnanteries ».

Pour nous la Saint-Valentin c'est comme le réveillon du 31 décembre.
À fuir comme le covid 19.

Bon anniversaire,
mon « p'tit coco »
13 février

– Bon anniversaire mon « p'tit coco » ;

– Ne m'appelle pas « mon p'tit coco » est-ce que j'ai une tête de « p'tit coco » moi ?

– Je suis ta conscience je t'appelle comme je veux.

– Ça ne te donne pas tous les droits d'être ma conscience.
Déjà que tu es de plus en plus chiante.

– C'est mon rôle… souviens-toi comme tu étais con à 30 ans.

– Oui j'étais con, mais tu n'étais pas là !

– C'était pour te tester, tu prétendais « mourir jeune » et donc tu vivais « à fond pour ne faire que des conneries ».

– J'avoue avoir dit ça pour faire le mariole et

emballer des filles.

– As-tu toujours envie de mourir jeune ?

– Honnêtement non.
J'ai même envie de mourir très vieux pour
profiter de mes enfants de ma comtesse et de
mes potes.

Mais aussi pour coûter très cher à la société,
faire semblant d'être sourd, envoyer des
paluches aux infirmières, balancer des horreurs
sur la terre entière, bref :
d'être un sale vioque.

– T'es toujours aussi con en fait.

– Tu confonds espiègle et con, car en vieillissant
j'aime bien les gens vois-tu.

– Oui tu marques un point.
Je te trouve quand même mieux depuis tes
50 piges.

– Oh ça va tu ne vas pas me les briser au réveil
alors que je respecte la tradition en buvant ma
bouteille de champagne avec ma comtesse

lumineuse comme une toile de Van Gogh.

– Non tu as raison « mon p'tit coco » je ne vais pas gâcher cette belle journée, mais tu as quand même 55 ans. Un vrai Zien !!

– Merci, mais je n'ai pas 55, mais 30 dans ma tête et 20 dans mon jean… pauvre conne.

Réécrire Molière pour les jeunes
15 février

Certains fadas proposent de réécrire Molière pour que les « jeunes » puissent le comprendre plus facilement.

J'ai donc essayé :

Voici un texte original tiré de l'avare :

« … on m'a dérobé mon argent. Qui peut-ce être ? Qu'est-il devenu ? Où est-il ? Où se cache-t-il ? Que ferai-je pour le retrouver ? Où courir ? N'est-il point là ? N'est-il point ici ? Arrête, rends moi mon argent coquin… »

Bon !

Si les « jeunes » d'aujourd'hui ne comprennent pas ça, il y a de quoi s'inquiéter, mais passons.

J'ai essayé de traduire ce passage mythique en « jeune ».

Voici ce que ça donne :

« … Vas-y, y'a un thug qui m'a bébar ma moula, tous les lovés que j'avais carotté en fourguant de la cess.

C'est ik ce narvalo ? Ma parole, tête de ma daronne j'ai l'seum et si j'le pécho avec mes niggas et mes possis, il prend un coup de Uzi dans sa face et on le bouyave, sa mère la pute… »

Voilà, j'espère que les « jeunes » comprendront Molière plus facilement maintenant.

J'vous laisse on m'a demandé de traduire « Martine à la plage » (cette tepu wesh) pour les « jeunes » qui ne comprennent pas.

#LesMursDesAsilesSontDansLeMauvaisSens

Ministre en touriste
18 Février

La situation du monde de la culture empire de jour en jour, de mois en mois, d'année en année, de décennie en décennie.

Je me suis demandé qui avait été ministre de la Culture depuis 2012.

Réponse, un cortège de cataplasmes :

Aurelie Philippetti
Fleur Pellerin
Françoise Nyssen
Franck Riester
Roselyne Bachelot

Presque 2 quinquennats à respirer des gens sans visions et sans ambitions pour un ministère pourtant primordial pour notre pays.

Qui se souvient d'une seule mesure d'un de ces « ministres » ?

J'ai lu un article ce matin intitulé :

« Visite de Roselyne Bachelot à Reims en touriste ».

Il est heureux de constater qu'il n'y a pas qu'au ministère de la Culture qu'elle va « en touriste ».

Bon jeudi sous vos applaudissements.

Daft Punk Over
23 février

Ce sera pour moi la nouvelle musicale la plus triste de l'année.

La séparation des Daft Punk, groupe majeur français qui a fait briller notre pays telle une boule à facette géante dans le monde entier.

À titre professionnel, j'ai toujours été impressionné par tant de créativité.

Cinq albums en à peine 24 ans, une révolution musicale bien sûr, mais aussi un modernisme intemporel.

À l'heure des égos surdimensionnés des années 90, les Daft Punk se planquent derrière des casques de robots tels Winslow derrière son masque d'oiseau au bec de fer dans le chef-d'œuvre « Phantom of the paradise » de Brian de Palma.

À titre personnel, leur musique a été la « bande originale » d'une partie de ma vie comme beaucoup, je crois.

La nouvelle de leur séparation me rend triste, mais elle est à la hauteur de ces légendes de l'entertainment.

Surprenante, mais au top de leur carrière.

Je veux leur dire ici l'immense respect que j'ai pour eux et surtout, leur dire MERCI.

Daft Punk
1993-2021
#daftpunk #legendaires

Accroche toi au pinceau,
J'enlève l'échelle
23 Février

Il y a donc des fadas anglais qui exigent qu'on remplace l'expression « lait maternel » par « lait humain ».

Il paraît que « lait maternel » c'est scandaleux. et « transphobe ».

Il va falloir rebaptiser la banque du sperme alors.

Je propose « Banque du jus première pression de parent 1 destiné au parent 2 ».

Si vous êtes pour, tapez 3.

Si vous êtes contre, tapez-vous la tête contre les murs face à la connerie mondiale.

« LesMursDesAsilesSontDansLeMauvaisSens

Girardot 10 ans déjà
28 février

10 ans que vous avez tiré votre révérence pour aller scintiller avec bien d'autres étoiles du cinéma.

La vôtre n'est peut-être pas à Hollywood, mais elle brille toujours dans mon cœur et parfois lorsque je n'ai pas le moral je me repasse un de vos films.

Je ne pourrais pas tous les citer ici, mais lorsqu'on les revoit on s'aperçoit combien vous avez été une actrice majeure de l'histoire du cinéma français.

Non seulement une immense actrice, mais une personnalité rare, généreuse et attachante.

Vous aviez été tellement touchante lors de votre dernière apparition aux Cesar lorsque vous aviez déclaré :
"Je ne sais pas si j'ai manqué au cinéma français…"

Alors pour ce triste anniversaire qui marque les 10 ans de votre disparition, je veux vous dire, madame Girardot, que je ne sais pas si vous manquez au cinéma français, mais vous manquez terriblement au public français et ça, j'en suis certain.

Visite au commissariat
04 Mars

Résumé de l'histoire.

Ayant besoin d'une levée d'immobilisation de véhicule, j'ai dû me rendre au commissariat.

À mon arrivée, j'ai été accueilli par une jeune policière tellement aimable, que j'ai cru qu'on allait m'enfermer dans une cellule et qu'elle ne serait même pas dans le quartier VIP.

Le ton employé par le thon était aussi sec qu'un coup de trique.

"Asseyez-vous là, je vais voir avec le collègue", m'ordonna-t-elle.

J'obtempère très poliment et très souriant pensant à ma chère mère me disant :

"Valery, les cons il faut les contourner, jamais de face mon chéri, sinon tu en as pour des heures".

Je me dis que "le collègue" va sûrement être plus réveillé et détendu du gland vu qu'il a un bureau fermé de chef.

Quelques minutes après, il apparaît le regard noir et le bonjour suspicieux.

Après avoir longuement examiné mes documents, il me dit d'un ton sentencieux et définitif :

— Monsieur il faut que ce soit le propriétaire de la voiture qui se présente.

— Oui monsieur, mais c'est un ami qui habite à Los Angeles en Amérique.

— Alors comment a-t-il pu se faire arrêter puisqu'il habite là-bas.

— Il ne s'est pas fait arrêter puisque je vous ai expliqué qu'il m'a prêté sa voiture et que c'est moi qui me suis fait arrêter à cause de la plaque qui était illisible.

Mais entre-temps j'ai refait la plaque.

La voiture est devant, il faut juste que vous le constatiez, puis que vous leviez son immobilisation ».

– Ce n'est pas très clair cette histoire vous devez aller là où vous vous êtes fait arrêter.

– Je vous comprends monsieur l'agent, mais c'est à 150 kms d'ici aller-retour, ça fait 300 bornes, pourriez-vous avoir la gentillesse de constater que j'ai changé la plaque quand même ? »

Non de toute façon, c'est au propriétaire de venir.

Constatant que j'avais affaire à un type qui n'avait pas inventé la marche arrière, j'ai pensé à Kafka, j'ai repris mon dossier en le saluant poliment et je me suis barré sans insister.

Il y a des jours où les montagnes de conneries sont tellement abruptes, que même avec la plus grande volonté du monde on n'y arrivera pas.

J'essayerai donc un autre jour.

Allez hein.. bonjour chez vous et s'il n'y a personne ça fera toujours plaisir aux meubles.

Les réseaux sociaux sont dangereux pour les enfants
07 Mars

Dans son dernier livre, Delphine de Vigan aborde le fléau des réseaux sociaux imposé par les parents à leurs enfants.

J'ai moi-même été confronté à ce problème où mon fils a été allègrement exposé comme une bête de foire sur Instagram entre ses 5 et ses 11 ans à travers des photos voire des vidéos.

Il a fallu que j'aille jusqu'au tribunal à trois reprises, pour protéger mon fils de cette exposition dangereuse.

Et par trois fois le juge des enfants m'a donné raison.

Delphine de Vigan dit exactement la même chose que moi sur la dangerosité de les exposer, mais aussi sur les conséquences de leur éducation.

J'avais aussi prédit que certains enfants pourraient, une fois grands, se retourner contre leurs parents qui ont abusé de leur droit à l'image.

Protégeons nos petits le plus possible de cette ridicule médiatisation moderne.

En tant que papa, je suis heureux de voir un écrivain aussi prestigieux que Delphine de Vigan se pencher sur ce problème avec le talent qu'on lui connaît.

Merci, madame.

Bon dimanche sous vos applaudissements.

#Lesenfantssontroi #delphinedevigan

Interview Cbs Megan Markle
09 Mars

Quand on prend un peu de recul sur cette histoire, on s'aperçoit qu'on assiste à une véritable usurpation d'identité morbide aux yeux du monde entier.

Cette comédienne américaine de soap s'est mise en tête de jouer à Lady Di dans la vraie vie !

La pauvre petite actrice a fait une dépression comme Lady Di.
La pauvre petite actrice ne s'est pas sentie « soutenue par la couronne » comme Lady Di.
La pauvre petite actrice s'habille comme Lady Di.
La pauvre petite actrice prend les mêmes poses que Lady Di.
La pauvre petite actrice donne une interview comme Lady Di à l'époque, à la BBC.

Mais il y a des différences fondamentales entre ces 2 femmes.

Lady Di a dû composer dès le début de son mariage avec Camilla Parker Bowles, la maîtresse de son mari, l'inénarrable prince Charles.

Lady Di a été aimé par les peuples du monde entier parce qu'elle aimait fondamentalement les gens et qu'ils le sentaient.

Lady Di a affronté la couronne avec classe et dignité en mettant sa popularité au service des plus faibles.

Lady Di a encaissé humiliation sur humiliation, mais elle a mené le combat sur plusieurs années à fleuret moucheté.

Lady Di était une star au destin de star.

Megan Merkle, cette comédienne américaine, représente bien l'Amérique d'aujourd'hui à bout de souffle, en manque de création et de repères.

Une vedette autocentrée, pleurnichant au moindre effort lui demandant d'oublier sa carrière médiocre.

Quand on épouse un prince d'Angleterre, on entre au service d'une institution qui ne considère pas l'amour de l'autre comme prioritaire, mais l'amour de l'Angleterre comme indispensable.

L'histoire de l'Europe et notamment de l'Angleterre est millénaire et ce ne sont pas les couinements d'une comédienne de seconde zone qui feront vaciller la couronne.

Quant à CBS, aller casquer entre 7 et 9 millions de dollars pour des confidences aussi plates qu'une limande, souligne bien l'air du vide sidéral qui souffle au-dessus de cette Amérique étriquée, qui n'a plus que ses « super héros » de cinéma pour se rêver toujours forte.

Bon mardi sous vos applaudissements.

#EnleveTonMasqueDeLadyDiOnTasReconnue

Warner Bros supprime de son catalogue « Pépé le putois » considéré comme un harceleur

12 Mars

Voilà donc une drôle de décision.

Cette Amérique à l'histoire courte a inventé la « cancel-culture », car c'est bien la culture européenne qui lui fait défaut.

Ce sont les peuples avec leurs qualités, leurs défauts, leurs parts d'ombre, leurs visions qui ont fait l'histoire de l'humanité.

Quelle est cette époque où des « troudculs » effacent, suppriment et font disparaître ceux qui les gênent, comme au bon vieux temps de Staline ou les « camarades » en disgrâce disparaissaient des photos officielles ?

C'est comme ce débat ridicule sur Napoléon où on a osé se poser la question de le commémorer le 5 mai prochain jusqu'au sommet de l'état.

Depuis que la France s'américanise, notre culture est en danger.

La Francophonie et la défense absolue de notre culture doivent être une priorité de l'État français.

Il est temps, plus que jamais, de résister et de combattre sans relâche cette « cancer-culture américaine » véritable alliée de la bêtise crasse.

L'histoire s'étudie et s'analyse avec du recul, mais elle ne s'efface sûrement pas devant la folie de quelques fatigués du ciboulot.

Aux armes citoyens.

Cérémonie des césar
13 Mars

En France on adore les contradictions :

En effet, j'ai plus assisté à un meeting de la France Insoumise hier soir ,qu'à la cérémonie des César dans la salle de monsieur Bolloré et sur Canal Plus sa chaîne.

Heureusement, ce cirque ridicule n'a pas attiré les foules.

1.64 Million de téléspectateurs.
Moins de 10 % de pdm.

Quand on pense que le coffret DVD qui est envoyé aux votants afin qu'ils récompensent les nombreux « chefs-d'œuvre français » que nous avons le « plaisir » de voir chaque année coûte à lui tout seul plus de 700 000 euros et que la soirée coûte près de 3 millions d'euros…

Ça fait quand même cher pour un meeting de Mélenchon !

À part ça qui a la date des vrais César

cette année ?

J'ai hâte de voir comment le monde du cinéma glamour, populaire, qui fait rêver et rire, a vécu 2020 !

Bon samedi sous vos applaudissements.

César, Victoires de la musique, des hommages à Christophe bidon

13 Mars

Mon Chris,

Hier soir aux César ils ont mis ta photo dans les « disparus 2020 »

Une simple photo parmi les nombreux artistes qui nous ont quittés en 2020.

Ils n'ont pas réalisé ce que tu as représenté musicalement pour notre pays.

Ils auraient pu demander à Benjamin Biolay d'interpréter un de tes titres (même si son orchestre a bien été la seule chose classe de la soirée), mais non.

Toi qui étais si cinéphile que tu possédais tes films préférés en 35 mm !

Ta vie a été un film de Truffaut sur un scénario

de Tarantino et une BO d'Ennio Moriconne. C'est comme aux Victoires de la musique, c'était gentil l'hommage de Julien Doré, mais tu aurais mérité l'ouverture de l'émission avec la fine fleur des artistes français qui reprennent en chœur un de tes chefs-d'œuvre.

Bon, tout ça on s'en tape laissons les pousses mégots faire joujou.

Seuls les vrais savent.

Je sais que là où tu es, tu as déjà trouvé « the place to be » et que tu envoies des poignées de jetons dans des parties de poker endiablées.

Tel que je te connais, tu cherches certainement et obsessionnellement le nouveau « son ».

Comme tu le vois, je ne me suis toujours pas remis de ton départ, mais je sais que tu me gardes une place tout près de toi, là-haut, pour le jour où je te rejoindrai.

I miss You Chris.

Chaud cacao
16 Mars

Résumé de l'histoire.

Les Belges ont voulu débaptiser l'équivalent de leur périphérique appelé jusqu'à présent « Ring Léopold 2 » afin de faire oublier les accusations de racisme qui entachent ce roi belge.

Pour le remplacer, un sondage a été effectué auprès des internautes qui ont plébiscité Annie Cordy.

C'était sans compter les « antiracistes » obsédés de la race, qui accusent Annie Cordy de racisme à cause de sa chanson « Chaud Cacao ».

Ces mêmes « antiracistes » qui ne se sont jamais offusqués du détournement abject qu'en a fait le sinistre Dieudonné intitulé « Shoanannas » d'ailleurs.

Voilà ce qui se passe quand une nation accepte la « cancel culture ».

Elle ouvre la boîte de Pandore et se retrouve

aux prises de quelques obsédés qui passent leur temps à nous les briser alors qu'ils sont largement minoritaires, y compris au sein des communautés qu'ils pensent représenter.

Cet événement est bien la preuve qu'il ne faut rien déboulonner ni débaptiser et qu'il faut remettre l'histoire dans son contexte et expliquer qu'elle n'est ni noire ni blanche, mais grise à l'image de l'homme.

Il faut combattre ce manichéisme dangereux et surtout avoir un peu d'humilité face au passé et essayer d'améliorer tous ensemble le présent et le futur de nos enfants.

Bon mardi sous vos applaudissements.

#Annie4ever

Les Parisiens fuient la ville
pour ma campagne
19 Mars

Mon petit village campagnard est pris d'assaut
après le discours alarmiste
de Jean Castex.

75, 91, 92, 94, 78... toutes ces plaques qui
débarquent au moindre effort à faire pour que
nous nous sortions de cette galère de Covid.

Grosses bagnoles, mecs mal élevés, nanas
vulgaires... ça te pique ta place, klaxonne,
s'énerve... ça pue ça se croit en terrain conquis
alors que ça ne vient que 3 fois par an
d'habitude.

Moi j'ai quitté Paname, ma ville de cœur, de
naissance, d'amour, pour épouser la province
sans états d'âme, sans une hésitation.

Et j'essaye de m'intégrer dans cette campagne
que j'aime.

Pas toujours facile… le vieux moitié juif parigot de naissance de plus de 50 ans du show-biz avec sa femme de 20 ans de moins.

Le cliché total !

Mais au moins je suis là les lundis pluvieux dégueulasses comme les vendredis ensoleillés et gais.

Je vis mon déracinement avec humilité, sans nostalgie et avec l'envie de m'enraciner.

Alors je supporte patiemment les « Bob blaireaux » bien lourds en Audi de « chefs des ventes » immatriculées en île de France.

Vivement que tous ces consommateurs avides de marques vulgaires déjà démodées lorsqu'ils les ont achetés sur « Vinted » retournent dans leurs banlieues.

J'ai une pensée pour tous ceux qui n'ont pas les moyens de quitter Paris et ses banlieues pour fuir la folie d'Anne Hidalgo ainsi que celle de notre état qui nous enferme pour un oui ou pour un non.

#JeDetesteLesAudiDu78

Vaccinodromes
23 Mars

Il y a 6 mois, tout le monde ne parlait que des « vaccinodromes » israéliens ouverts 24/24 7/7.

Mais messieurs Castex et Veran s'insurgeaient contre ces lieux au prétexte qu'il ne fallait pas heurter les anti-vaccins.

6 mois après les vaccinodromes deviennent la priorité de ces mêmes hurluberlus qui nous gouvernent.

Les conneries s'allongent dans le temps.

En effet il aura fallu attendre 2 mois pour que l'état reconnaisse l'efficacité des masques après que l'inénarrable Sibeth N'Diaye nous explique qu'ils ne servaient à rien et que nous étions trop cons pour savoir les porter !

Si Veran avait travaillé dans le privé, il y a longtemps qu'il aurait pris la porte.

Mais dans le public non seulement il garde son

job, mais en plus il fait la vedette à la télévision tous les jours !

Alors pour paraphraser une phrase dont Castex a le secret, je dirais :

« Dedans avec les miens oui, mais dehors les incapables ».

Bon mardi sans vaccin, mais sous vos applaudissements.

Hommage
Bertrand Tavernier
25 Mars

Véritable dingue de cinéma, vous avez été attaché de presse notamment de Stanley Kubrick puis critique aux « Cahiers du cinéma » avant de devenir réalisateur.

Vous étiez à la fois passionné par le cinéma américain, mais aussi un défenseur acharné de notre fameuse exception culturelle française.

Magnifique contradiction au service d'un art où vous avez excellé.

Vos trois premiers films avec Philippe Noiret ,votre acteur fétiche, seront d'immenses succès dans des styles bien différents qui soulignent l'étendue de votre immense talent :

« L'horloger de Saint Paul », « Que la fête commence », « Le juge et l'assassin » en seulement trois ans !

Aussi à l'aise dans les films d'époque comme
« Capitaine Conan » que sur la vie de Lester
Young et Bud Powell avec « Autour de minuit »,
votre caméra a sublimé le cinéma 40 ans durant.

Comme tous les grands, vous avez été
visionnaire en 1980 avec « La mort en direct »
qui présageait ce que deviendrait la télévision
avec la « télé-réalité » trente ans après votre film.

Aujourd'hui, certains réalisateurs font des films
insipides, mais « crient leurs colères » sur les
tapis rouges de la cérémonie des Cesar.

Vous avez fait l'inverse en traitant, à
chaque décennie dans votre cinéma, la peine de
mort, le racisme, la violence, le chômage, la
drogue, le Sida et bien sûr la guerre.

Vous laissez derrière vous l'œuvre d'un géant
français qui sera très certainement étudiée dans
toutes les écoles de cinéma du monde.

So Long Bertrand Tavernier
250441-250321

Joyeuses Pâques
27 Mars

Le printemps annonce les grandes fêtes de Pâques.

Du latin pascua, du grec páskha ou de l'hébreu Pessah.

Magnifique fête qui commémore la sortie d'Égypte et la fin de l'esclavagisme pour les Juifs ou la résurrection de Jésus pour les chrétiens dimanche prochain.

Je souhaite à ma famille, mes amis, ainsi qu'à « mes amis FB » quelque soient leurs croyances et leur religion de très belles fêtes de Pâques et de Pessah ».

Je vais de ce pas préparer mon agneau de 7 heures afin de régaler mes héritiers qui me font le plaisir de venir visiter leur « daron » ce week-end.

Des bises du Z agnostique, mais profondément respectueux des croyances de tous.

Bon samedi toujours sans vaccins sous vos applaudissements.

#PasDabusDeGaletteCaFaitPeter

Hommage
Patrick Juvet
1er avril

La première fois que j'ai atterri à Manhattan , ce devait être à la fin des années 80.

Par une association de pensée naturelle, « I Love America » a immédiatement résonné dans ma tête.

« When i First come to Manhattan
I Was not surprised
The stories people had told me
Turn out to be no lies
All the différent people
From all around the world they're living
A magic feels the air
There s music everywhere
I Love America... »

Quelle putain de bonne chanson !

On vous a d'ailleurs souvent injustement réduit à trois ou quatre titres « Où sont les femmes » bien sûr « Lady Night » ou « La Musica », mais

vous étiez bien plus grand que ça.
« Chrysalide » et surtout « Paris by night » sont
d'immenses albums pour moi.

Un artiste francophone qui, à l'époque, a le bon
goût de travailler avec Lee Ritenour, Ray Parker
Junior et Sonny Burke ne peut-être que bon.

Votre association avec Jean-Michel Jarre n'est
pas pour rien dans cet énorme succès.

Et puis il y a votre physique de mannequin
blond qui a fait tourner les têtes des femmes et
des hommes que vous aimiez indifféremment.

La légende raconte même qu'une grande actrice
américaine a tenté de se suicider suite à votre
refus de vous marier avec elle.

Si le son de Patrick Juvet était disco, la vie de
Juvet avait tous les codes du rock'n'roll.

Une réussite précoce, des succès mondiaux,
partir pour le « Studio 54 » en concorde comme
d'autres prenaient le métro.

Puis la chute vertigineuse et implacable, la
came, l'alcool et tout le cortège de galères qui

vous tombent dessus comme une immense
gueule de bois interminable.
Je suis très étonné que votre vie n'ait pas donné
lieu à un biopic.

En tout cas votre musique m'a longtemps
donné l'amour de la nuit, des clubs, des soirées
interminables, et des grains de folies où tous les
chats gris s'amusaient avec les souris.

Votre disparition est assurément le plus mauvais
« poisson d'avril » que nous avons vécu depuis
longtemps.

So Long Patrick Juvet.
210850-010421

Agression
d'Alain Françon
03 Avril

Résumé de l'histoire.

Alain Françon, pour ceux qui ne le connaîtraient pas, est l'un de nos grands metteurs en scène de théâtre.

Plus de 100 pièces à son actif plusieurs Molière, cet artiste a grandement contribué à faire briller le théâtre français.

Jeudi dernier il a été agressé dans la rue par un voyou multirécidiviste connu des services de police, au casier judiciaire long comme un discours de Mélenchon.

L'agresseur est un étranger en « situation régulière », très énervé, car l'état avait eu le culot de lui refuser un avantage.

Pauvre homme.

Il était donc normal de poignarder au hasard un

homme de 76 ans qui ne faisait que se promener comme nous devrions pouvoir le faire en toute sécurité.

Personnellement je ne m'habituerai jamais à vivre dans un pays où l'on peut prendre un coup de couteau au hasard d'une rencontre avec des sauvages, qui n'ont rien à foutre là.

Mais je me rassure en me disant que Monsieur Darmanin va sûrement terroriser les agresseurs avec un « tweet » dont il a le secret.

Bon samedi gris et froid sans vaccin sous vos applaudissements.

Tiens je vais peut-être me taper un boudin noir bien grillé avec des pommes et des poires moi…

Une semaine généreuse
en « andouilles »
10 Avril

Cette semaine a été particulièrement prolixe
en andouilles

Nous en avons découvert de magnifiques
spécimens.

Elle a commencé avec un mytho peroxydé
sautillant, que même Francis Veber, avec
l'immense talent qu'on lui connaît, n'aurait pu
imaginer pour son fameux
« dîner de cons ».

Cet énergumène n'a rien trouvé de mieux que
d'organiser des dîners clandestins en
pleine pandémie.

Le menu était « préparé » par le fameux chef de
la tribu branchée des
« je-vous-sers-de-la-merde-à-400-balles ».

Ceux qui ont ingurgité sa « cuisine » ont cru que
c'était de la merde lorsque les plats sont arrivés

à table et ont regretté que ça n'en soit pas lorsqu'ils les ont goûtés.

Du coup ces deux zigotos se sont retrouvés en garde à vue et à la une de toutes les chaînes infos.

Évidement, il était urgent de mobiliser la force publique pour deux très dangereux massacreurs de saucisses et de truffes, vu que nous sommes tellement en sécurité en France.

Ces pauvres policiers s'emmerdent, il faut bien leur trouver du boulot à défaut de retrouver les agresseurs de Dominique et Bernard Tapie et de protéger la population.

Jeudi nous avons cru que la semaine nous avait assez gâtés comme ça et paf !

On peut toujours faire mieux.

Un « chroniqueur musical » déclare que Hoshi, qui ne lui a rien demandé, est physiquement « effrayante » et qu'elle ferait mieux de donner ses chansons aux autres.

Parce qu'il faut être mannequin pour

chanter maintenant ?

Cette drôle d'attaque sur le physique venant d'un type qui ressemble plus à Paul Preboist qu'à Alain Delon ne manque pas de souffle.

Pour parodier la fameuse réplique d' « Un singe en hiver »,
« Si la connerie n'est pas remboursée par les assurances sociales, ce chroniqueur finira sur la paille ».

Je croyais naïvement que cette spectaculaire démonstration de la couillonade nationale allait s'arrêter là, histoire de nous reposer un peu, car nous avons eu notre compte.

Plus, ce serait de la gourmandise.

C'était sans compter sur le maire EELV de Bordeaux.

Attention les EELV c'est une autre facette de la connerie beaucoup plus dangereuse et moins drôle.

Ce « Pignon » de la politique a lancé une campagne d'affichage hallucinante sur la culture et les artistes et même la cuisine en posant les questions suivantes aux Bordelais :

« Artiste c'est un métier ? »

« La culture, ça coûte trop cher ? »

Mais comment ce type peut-il sérieusement être maire de Bordeaux ?

En résumé les artistes seraient moches, coûteraient trop cher et ne serviraient à rien.

Je ne suis pas artiste, mais je les aime et je les sers avec passion et fierté depuis
30 ans.

C'est pourquoi je vais me permettre de répondre à ces orphelins du cerveau, à ces cancrelats de la pensée, à ces eunuques de l'empathie, bref à ces ersatz :

Les artistes vous disent merde, messieurs.

Niveau balourdises nous sommes servis, merci beaucoup.
N'en jetez plus.

Si nous pouvions nous reposer, ne serait-ce qu'une semaine, nous serions heureux.

Bon samedi toujours sans vaccin sous vos applaudissements.

Lalanne compare
Macron à Hitler
14 Avril

Je ne m'habituerai jamais à ce genre de comparaisons.

Cette banalisation des nazis et du régime de Vichy est insupportable.

J'ai eu la chance dans ma vie de pouvoir rencontrer des rescapés de la Shoah dont les récits résonnent encore dans ma tête, et dont la souffrance extrême avait même desséché les dernières larmes qu'ils leur restaient.

Mon grand-père maternel est mort pour la France en 1944 dans d'atroces souffrances pour combattre le régime de Vichy qui a livré hommes femmes et enfants aux nazis.

C'est comme les manifs où des ersatz portent des étoiles jaunes à tout bout de champ.

Ils n'ont pas de vaccins ?
Ils portent une étoile jaune.

Ils accusent la France de racisme d'état ?
Ils portent une étoile jaune.

L'essence augmente ?
Ils portent une étoile jaune.

Cette fascination pour cette période sinistre montre que tous ces glands n'en ont pas souffert et que leurs anciens étaient sûrement bien planqués, pendant que les nôtres souffraient du plus grand génocide de tous les temps.

Mon message ce matin pour Lalanne et ses potes, c'est de se carrer leurs comparaisons où je pense.

À bon entendeur.

Bon mercredi sans vaccin sous vos applaudissements.

Je ne crois plus en la justice de mon pays
14 Avril

Moi qui aime tant mon pays, la France, c'est les larmes aux yeux que j'avoue, me sentir trahi, cocu, sali, insulté, méprisé par une décision de justice.

En effet, Kolibi Traoré, le sauvage qui a massacré Madame Sarah Halimi de longues heures durant, lui faisant exploser la rate, le crâne, le nez, les côtes, à coups de poings et de pieds avant de la défenestrer du 5e étage sous les yeux de la police, ne sera donc jamais jugé par des jurés populaires devant une cour d'assises.

La cour d'appel a jugé que le discernement de Traoré était altéré par les joints qu'il consommait en grande quantité.

Il l'a pourtant bien traité de « sale juive » en récitant des versets du Coran et en criant « Allah Akbar » pendant les longues heures de son agonie.

Je ne connaissais pas cette drogue qui rend antisémite et assassin « à l'insu de son plein gré ».

L'avenir de ce bourreau est maintenant entre les mains de psychiatres qui peuvent décider de le remettre en liberté à leur guise.

Pas de procès en assise donc pour Madame Halimi et sa famille.

« Circulez y'a rien à voir ».

C'est comme si la République française l'assassinait une seconde fois.

Cette désagréable sensation d'injustice que me procure cette nouvelle est telle que je peux l'écrire et le dire haut et fort aujourd'hui :

JE NE CROIS PLUS EN LA JUSTICE DE MON PAYS.

Je veux avoir ici une pensée profonde pour la famille Halimi et souhaiter à madame Halimi d'avoir trouvé le repos éternel loin de la folie et de la bêtise des hommes.

#JeNeCroisPasEnLaJusticeDeMonPays

Enterrement du Prince Philip Mountbatten

18 Avril

La photographie de la reine d'Angleterre assise seule, dans l'église parce qu'elle a dû vouloir venir en avance pour se recueillir m'a beaucoup ému.

À quoi peut penser la reine d'Angleterre à ce moment-là ?

Elle est venue à son ultime rendez-vous avec l'homme qu'elle a aimé pendant plus de 70 ans.

Un amour qui a duré dans un milieu où l'étiquette, la politique et le devoir passent largement avant les sentiments.

Tout le monde sait que dans la royauté on se marie pour les intérêts du royaume et sûrement pas par amour.

La reine Elisabeth a réussi l'exploit de conjuguer les deux avec le talent qu'on lui connaît maintenant.

La voir seule, si petite dans ce décorum aristocratique boisé, majestueux et si anglais me touche beaucoup.

Cette solitude photographiée montre qu'elle est, l'espace d'un instant, lors d'une cérémonie publique, une femme qui est venue dire au revoir à son mari et pas la reine qui salue le prince une dernière fois.

Une femme digne qui a souvent dû faire passer les intérêts du royaume avant ceux de sa famille et surtout ceux de son mari qui ne l'a pas épargnée en gaffes en tout genre.

Une reine qui a tout connu, qui a été adulée à certaines époques et détestée à d'autres.

Oui cette photo m'émeut.

Elle semble dire au prince Philipp qu'elle le rejoindra bien un jour, qu'ils ont eu une belle vie ensemble et surtout qu'elle l'a aimé durant toutes ces années.

Mais qu'elle a encore son devoir de reine à accomplir jusqu'à leurs retrouvailles pour l'éternité.

Puisse le prince protéger la reine de là-haut le plus longtemps possible, car des personnalités comme ça on en fait plus.

Bon dimanche toujours sans vaccin sous vos applaudissements.

#GodSaveTheQueen

Enlève ton masque
19 Avril

Pensée du soir.

Tout à l'heure j'ai croisé un type qui portait son masque protège-covid tout seul dans sa voiture.

Je me suis demandé s'il mettait une capote pour se « tirer sur le chiwawa ».

#EnleveTonMasqueOnTasReconnu

Pas de marche pour moi
21 Avril

On me sollicite pour participer à « la marche pas silencieuse pour Sarah Halimi ».

Continuez à faire des marches avec le CRIF et les organisations qui sont à genoux depuis des décennies.

Continuez à éteindre la Tour Eiffel avec Hidalgo.

Continuez à planter des arbres.

Continuez à demander à vos enfants de faire des dessins.

Mais lâchez-moi et cessez de me solliciter pour vos manifs à 2 balles.

Et pourquoi pas « Touche pas à ma Sarah » tant que vous y êtes.

Les mecs sont contents d'avoir inventé « la marche pas silencieuse »

#GuignolsEtCompagnie

Je ne suis pas un leader d'opinion.
22 avril

Résumé de l'histoire.

Depuis que j'ai posté hier que je n'irai sûrement pas à la « marche pas silencieuse » pour Sarah Halimi dimanche, ni à aucune autre marche d'ailleurs, je reçois des messages de français juifs excités de la Kippa et de la « Pkaila ».

Certains me font marrer en me donnant une leçon style « tu ne devrais pas... ce n'est pas bien... ».

Mais quand je vais regarder leurs pages, leurs plus gros coups de gueule concernent l'augmentation du prix du billet d'avion pour Tel-Aviv l'été prochain.

Ensuite j'ai droit à la leçon basique style « tu es un leader d'opinion », « tu as une responsabilité », « tu ne peux pas te permettre d'écrire des choses pareilles ».

117

Le tout venant de gens que je ne connais « ni des lèvres ni des dents » et qui se permettent de me tutoyer comme si on avait élevé des 1/4 Boukha et des petits « Ziens » braillards et mal élevés, ensemble.

Mon mur Facebook est fermé et je choisis mes invités.

J'écris ce que je veux, je ne suis leader de rien, et d'ailleurs j'écris toujours en mon nom, jamais au nom des autres.

J'accepte la contradiction à partir du moment où elle ouvre le débat, mais le truc genre « tu n'as pas le droit ou tu es comme ci et comme ça » me gonfle les sacoches autant qu'un film afghan sur les chèvres blanches transgenres avec Adèle Haenel dans le rôle principal.

Une bonne fois pour toutes, j'écris ce que je veux, car je suis un homme libre qui n'a de comptes à rendre à personne qu'à sa conscience.

Bonjour chez vous et s'il n'y a personne, ça fera toujours plaisir aux meubles.

A crédit et en Stéréo
26 Avril

C'est avec une grande fierté et une belle émotion que je vous annonce la création pour un soir seulement du spectacle « À crédit et en stéréo » en live-streaming et en direct le jeudi 27 mai à 21 h.

J'ai l'immense privilège de le co-produire.

En effet, il y a quelques mois, j'ai appelé Eddy et Laurent en leur proposant qu'ils se réunissent le temps d'une soirée comme on les aime avec des tubes, des vannes, des musiciens et du swing.

J'avais plus de chance de rencontrer la vierge Marie, qu'ils acceptent.

Mais à mon grand étonnement, ils ont dit oui !

On va vraiment se marrer avec ce spectacle d'autant qu'Eddy et Laurent seront accompagnés par le fantastique Chicandier en barman imprévisible.

119

Si vous ne le connaissez pas, allez vite le découvrir c'est un humoriste hors pair que vous allez adorer, garanti sur facture.

Quel plaisir de retrouver Eddy pour moi.

J'aime tellement son univers, ses chansons, son humour « pince sans rire ».

Et puis quel immense privilège de travailler avec Laurent Gerra qui est l'un de mes humoristes préférés et surtout lui aussi un excellent chanteur.

Laurent est un homme authentique comme je les aime.

Ce spectacle va être une véritable bouffée d'air aussi frais que celui de Lanslebourg-Mont-Cenis situé au fin fond des cimes de la Savoie.

9 musiciens 1 pianiste, des cuivres.
On n'a pas lésiné sur les moyens pour swinguer.

Je veux remercier ici Claude Wild et Thierry Suc d'avoir fait de ce rêve une réalité.

Ainsi que mes associés Alexandre Piot et

Thierry Chabrot.
« À crédit et en Stéréo »le 27 mai 21 heures en direct et en livestream dans votre salon !

Vous pouvez déjà acheter votre billet chez tous les revendeurs habituels.

Bon lundi toujours sans vaccin, mais avec Veran sous vos applaudissements.

Bernard Tapie
le dernier samouraï
27 Avril

Le dernier samouraï que j'ai croisé dans ma vie était Johnny Hallyday qui s'est battu jusqu'au bout contre sa maladie afin de pouvoir saluer son public une dernière fois.

À l'époque, il nous avait donné une leçon d'homme, de courage.

Je pensais que je ne reverrais plus jamais un courage pareil.

C'était sans compter sur Bernard Tapie, véritable gladiateur de l'espoir, du combat, de l'abnégation.

Je l'ai trouvé tellement touchant et fort hier soir sur LCI.

Trois semaines seulement après avoir été sauvagement agressé chez lui avec sa femme, il est là devant des millions de Français, digne, fort, beau, généreux.

Sa volonté, ses yeux brillants d'intelligence m'ont fait oublier sa voix affaiblie, mais qui ne tremble pas devant cette putain de maladie.

Tapie c'est la France que j'aime, celle de ceux qui viennent de loin :
les Depardieu, les Johnny, les Delon, ces destins extraordinaires qui nous ont fait rêver, car ils n'étaient pas « programmés » pour atteindre les sommets.

Mes « Robin des bois » à moi.

Alors je veux remercier Bernard Tapie pour cette intervention d'hier soir.

Il m'a donné une énergie folle.

Même si le combat contre la mort est perdu dès notre arrivée sur terre, je lui souhaite de reculer l'échéance le plus longtemps possible, car il les a tous gagnés sauf celui qui l'a opposé à l'État, quasiment impossible à battre.

En clin d'œil à une émission pour moi devenue culte, je veux lui dire :

« Merci Bernard ».
Bon mardi sans vaccin, mais toujours avec des chèvres sous vos applaudissements.

Un nouveau paradis
02 Mai

4 jours que je jongle entre le boulot et notre déménagement.

Avec la comtesse nous avons enfin trouvé ce que nous cherchions.

Un havre de paix loin du bruit et de la fureur des cons.

J'ai retrouvé avec plaisir mes photos, mes disques d'or, de platine et de diamants.
Mike Tyson photographié par mon pote Richard Aujard en 1996.

J'ai flashé, sur cette photo car il est très rare de voir un boxeur aux mains nues.

Le premier disque d'or d'Amy…
quelle aventure !

Le disque d'or de Christophe dont on m'a reproché le coût de l'album sur lequel joue Carmine Apicce, mais on n'éduque pas les vendeurs de lessive.

Et bien sûr, tous les disques des autres grands artistes avec lesquels j'ai eu la chance de travailler.

J'ai réinstallé mes enceintes Sansui 1974 et mon ampli de 1980 qui vont faire décoller la baraque.

J'ai du vinyle et des cd.

Je ne comprends pas les snobinards qui crachent sur le son des cd mais bon je m'en cogne, moi j'aime bien.

J'ai mes albums fétiches dans les 2 versions.

On va être bien ici, planqués avec la comtesse qui est d'accord avec son vioque.

Je ne sais foutrement pas ce qui s'est passé depuis quatre jours et je ne m'en porte pas plus mal.

Bon dimanche toujours sans vaccin sous vos applaudissements.

Premier vaccin
10 Mai

Cette magnifique peau de pêche qui m'appartient vient de se faire piquer à l'Astra Zeneca.

Je tiens à remercier ici tous les « amis FB » ainsi que tous les autres qui m'ont proposé des plans pour me faire vacciner beaucoup plus tôt.

Mais je tenais à « faire la queue » comme tous les citoyens français.

Quant à ce vaccin tant décrié, il paraît qu'il y a autant de chance de caner avec que de gagner au loto.

Du coup j'ai joué au loto… en imaginant que je gagne le gros lot et que je cane le même jour, je partirai fier d'être le malchanceux le plus chanceux, ou l'inverse !

Je suis très heureux d'être enfin vacciné ce matin dans la belle pharmacie de mon nouveau village.

Je peux donc enfin vous souhaiter un bon lundi VACCINÉ sous vos applaudissements.

Journée mondiale contre l'homophobie
17 Mai

Tiens c'est la journée mondiale contre l'homophobie aujourd'hui.

Mais moi, ce n'est pas que le 17 mai que je soutiens les homos.

Comment peut-on être contre les homos ?

On peut être tout contre bien sûr.

Mais contre, faut être con.

Ou alors, l'être, mais en avoir honte.

J'ai connu un gars comme ça une fois.
Il passait son temps à déblatérer « oui les Follasses, les tafioles… patin couffin ».

Il était assez bête pour penser que parce qu'un mec aimait les mecs, il voudrait l'attraper alors qu'il était aussi vilain qu'idiot.

Jusqu'au jour où je l'ai surpris en train de se faire galocher goulûment par un mec à 5 h du mat dans une boîte de trans qui s'appelait chez Aldo dans le 15e, les plus anciens s'en souviendront.

Il n'en menait pas large, surtout lorsque je l'ai menacé, s'il continuait à déblatérer, je le balancerais à sa femme… (très jolie sa femme d'ailleurs, qui a bien sûr découvert le pot aux roses enfin le pot d'échappement plutôt bien plus tard).

Ah je vous vois venir bande de petits galopins à me demander ce que j'y foutais moi aussi !!

C'était une époque où je ne voulais jamais aller au lit alors j'écumais tous les endroits exotiques de la capitale.

C'était d'ailleurs très drôle, on se serait cru à Macao dans les années 20 et j'y emmenais des nanas qui se faisaient marcher exprès sur les pinceaux par les trans. Ça me faisait hurler de rire.

Bon, même s'il m'arrive de dire « Pédé » les homos hommes ou femmes sont mes potes et j'en ai une belle collec… et depuis 40 piges de toutes les tailles (moi une pipe) de toutes les couleurs et de tous les âges.

Alors je ne pense pas qu'à eux le 17 mai, mais toute l'année ,et si l'un d'eux a besoin de moi il sait que je suis là.

Perso je trouve leur drapeau multicolore très moche, mais bon je l'affiche quand même par solidarité surtout avec les jeunes en province qui se font virer de chez eux par des parents débiles, ou qui se font casser la gueule par des connards arriérés qui commencent à pulluler un peu trop dans nos belles villes.

Et puis, on n'est jamais trop aidé dans la vie.

Bon lundi sous vos applaudissements.

Ma chienne pue de la gueule
25 Mai

J'adore ma chienne, mais elle refoule du goulot sévère.

C'est bien simple si tu lui files un chewing-gum c'est le chewing-gum qui pue.

#OuEstLaTeteteOuEstLeCulCul

À crédit et en Stéréo II
27 Mai

Je ne sais pas si, comme le dit le président Macron, la « Seine Saint-Denis c'est la Californie », mais ce que je sais c'est que ce soir avec « À Crédit et en Stéréo » on n'aura rien à envier aux Américains.

Les répétitions d'hier étaient énormes.
Les artistes eux-mêmes ont eu des fous rires.

Alors rendez-vous ce soir 21 h pile pour retrouver Eddy Mitchell Laurent Gerra et Chicandier.

1 h 45 de bonheur total dans ce monde de brutes ce n'est pas du luxe.

Un spectacle garanti sur facture par le Z.

Le rideau s'est baissé
28 Mai

Malgré l'épuisement physique, malgré la pression retombée hier soir à 23 heures, je n'ai pas fermé l'œil de la nuit.

Ce matin j'ai la tête de Michel Simon et le corps de Jeanne Calmant.

Les instruments sont rangés, les lumières et les caméras se sont éteintes et le rideau rouge est tombé.

L'heure est venue de remercier tous ceux qui ont fait de « À Crédit et en Stéréo » une réalité et un énorme succès pour un soir.

D'abord les artistes, bien sûr.

Quel bonheur de retrouver Eddy, sa voix de velours, son swing et son humour légendaires.

Il a écrit « On veut des légendes », je lui réponds qu'avec des artistes comme lui, « On a des légendes ».

J'avais déjà la chance de connaître Laurent Gerra dans la vie, mais je n'avais jamais travaillé avec lui.

Quel pro ! Précis, concentré, mais aussi très à l'écoute.

Nous avons énormément travaillé pour ce spectacle, mais toujours dans la bonne humeur et je le remercie surtout de m'avoir fait connaître Lanslebourg, même s'il faut 2 heures de train puis 2 heures de bagnole puis un piolet pour y accéder, l'endroit est magnifique.

Avec lui, j'ai encore appris et ça, ça n'a pas de prix.

Je veux aussi remercier Christelle Bardet pour son soutien sans faille, sa bienveillance et sa façon à travers une vanne, de me rassurer lorsque j'ai pu douter.

Merci aussi à toute l'équipe de Laurent Gerra bien sûr.

Merci à Chicandier, une bombe d'humour, mais aussi un être généreux disponible, et surtout une machine à vannes.

Il est entier ce qui ne veut pas uniquement dire qu'il n'est pas circoncis, mais qu'il a surtout un talent immense et une très belle âme.

Je veux remercier chaleureusement Claude Wild et Thierry Suc les producteurs des artistes.

Ils sont non seulement des maîtres pour moi dans ce métier, mais ils ont tout de suite cru à ce projet et m'ont été d'un énorme soutien et d'une bienveillance digne des grands seigneurs qu'ils sont.

Merci à Alexandre Piot et son associé Thierry Chabrot sans qui ce projet n'aurait peut-être pas vu le jour.

Alexandre a été un coproducteur passionné comme moi par l'aspect artistique de notre métier et a tout fait pour que cette incroyable aventure existe.

Merci à Jean Yves D'Angelo et à Michel Gaucher nos chefs d'orchestre ainsi que les musiciens qui étaient déjà sur scène avec « Les Vieilles Canailles ».

Leur swing, mais aussi leur bonne humeur

m'avaient manqué.

Merci à Julien Bloch qui a réalisé le show dans des conditions particulières.
Sans lui, ça n'aurait pas été « la même limonade » comme on dit.

A chaque spectacle que j'ai imaginé, j'ai eu la chance et l'immense privilège de pouvoir compter sur l'infini talent de Jacques Rouveyrollis de sa fidèle Jessica Duclos et de Nicolas Gilli.

Jacques et Jessica, c'est ma famille.

Dans ma famille il y a aussi Catherine Battner, ma bombe d'attachée de presse qui sait « oh combien combien je l'aime ».

Je ne veux pas oublier mon fidèle Barthélemy Fatus ainsi que William, Melow, Emilien, Fayçal et toute l'équipe technique sans qui rien n'aurait été possible.

Merci à Nathalie Robin qui a été légendaire, je n'oublierai jamais.

Merci à nos partenaires et notamment aux

équipes de Canal qui nous ont grandement soutenus pour cette opération.

Enfin je savais que j'avais dans ma vie personnelle une femme fantastique.

Mais après ce spectacle, je veux lui dire qu'elle est une extraordinaire professionnelle qui m'a bluffé par son sang-froid, sa capacité à trouver des solutions plutôt qu'avoir des explications quand quelque chose ne va pas, son amour du travail bien fait et sa capacité à me supporter lorsque je doute et que je radote sur un problème.

Alors merci Lorraine Zeitoun.

Merci enfin au public d'avoir été présent au rendez-vous et d'avoir fait de ce streaming un franc succès.

J'espère n'avoir oublié personne dans ces remerciements qui ne sont évidemment pas un « lèche-bottes blues ».

Bon vendredi, fatigué, mais heureux sous vos applaudissements.

Ma carte Bricomarché
29 Mai

Voilà, j'ai retrouvé ma campagne avec une joie intense.

La pression retombant nous avons eu un petit coup de blues hier avec la comtesse.

Alors nous avons débouché un magnum de « Sorcières » rouge et nous lui avons claqué la frime.

On s'est bien marrés, car nous nous sommes raconté tout ce qu'on n'a pas pu se dire cette semaine.

Elle dort encore, belle comme le jour, et moi je m'apprête à faire mes courses au marché comme la parfaite petite ménagère que j'adore être.

À ce propos, j'ai un problème qui me turlupine (expression désuète prononcée pour la dernière fois avant moi par la Marquise de Pompadour), depuis un bon bout de temps.

J'ai un kilim blanc et noir que je veux nettoyer, mais je n'y arrive pas.

Certaines disent qu'il faut du vinaigre blanc, mais ce sont les mêmes qui mettent du vinaigre blanc partout même dans leurs culottes.

Tu les appelles, tu leur dis :

– j'ai des fourmis.
– Vinaigre blanc

– j'ai taché ma chemise
– Vinaigre blanc

– Churchill a dégazé
– Vinaigre blanc

– j'ai des hémorroïdes
– Vinaigre blanc

– Mon voisin est un con
– Vinaigre blanc

– Je suis en retard pour ma déclaration d'impôts
– 10 % de vinaigre blanc

– Tu as vu cette pauvre policière lardée de

coups de couteau ?
– Vinaigre blanc

– J'ai rayé ma bagnole
– Vinaigre blanc

– Tu veux tirer un coup ?
– Vinaigre blanc

Si quelqu'un ou quelqu'une a une autre solution que celle qui consiste à se casser le dos et à se fumer les fosses nasales avec ce putain de vinaigre blanc, n'hésitez pas.
Mon tapis vous en sera éternellement reconnaissant et moi aussi par la même occasion.

Une fois que j'aurai fini mes courses et commencé ma campagne pour les municipales de 2027, car je compte bien devenir maire du village, j'irai chez « Bricomarché » mon nouveau paradis.

J'y suis comme un enfant devant les vitrines des Galeries Lafayette au moment de Noël c'est-à-dire en avril suivant le nouveau calendrier de Jeannot l'épée Castex.

J'achète des machines auxquelles je ne comprends rien, mais elles sont belles et dangereuses… ça m'excite grave.

Bon aujourd'hui je dois repeindre la terrasse alors je vais acheter une combinaison de peintre et tout l'toutim.

Je suis plus fier d'avoir la carte « Bricomarché » que la carte « Club 2000 » d'Air France qui me donne le droit de péter d'un air dégagé et frais dans les salons cossus de notre compagnie aérienne nationale.

Quand je passe à la caisse et que le caissier me gueule :

– Vous avez la carte du magasin ? je lui réponds à mon tour

– Oui bien sûr dans un hurlement jouissif du gars qui fait partie du monde des bricolos qui se regardent d'un air entendu lorsqu'ils admirent une clef de 10 ou une nouvelle ponceuse.

Oui j'ai la carte « Bricomarché » alors un peu de respect siouplé.

Bon avant de vous laisser, je vous conseille gratuitement, profitez-en, la merveille d'album de Léo Sidran qui a l'immense talent de s'être fait un prénom, ce qui n'était pas gagné vu le génie paternel.

Si vous aimez l'ambiance Californie (la vraie pas celle de Macron), si vous aimez Michael Franks, alors vous aimerez boire votre premier café au son de ce charmant album.

Bon samedi avec du vinaigre blanc et la carte « Bricomarché » sous vos applaudissements.

Retour vers l'enfer
03 Juin

Résumé de l'histoire.

La semaine dernière j'ai dû passer 5 nuits à Paris.

J'ai donc pris un hôtel sur les Grands Boulevards à 200 mètres du taudis où je devais travailler.

Le jour de mon retour à la campagne, j'étais trop chargé, entre nos valises et le panier de Churchill pour me rendre dans le parking ou était garée ma voiture, à 300 mètres de là.

Pas d'autres moyens donc que de se garer devant l'hôtel quelques minutes.

Après avoir dû faire un gymkhana entre les magnifiques bites jaunes si chères à la « Maire de Paris » je stationne warning clignotants 3 minutes.

À peine suis-je sorti du véhicule, qu'une horde de scooters m'arrivent à fond dessus tels les avions japonais sur Pearl Harbor, certains d'entre eux me frôlant si près que j'ai senti des odeurs fétides de types qui n'ont pas croisé de douches depuis septembre 87, me déclenchant immédiatement un cancer des fosses nasales assorti d'un haut-le-cœur.

C'est bien simple j'ai failli raouler une « 4 fromages de chez Pizza Pino ».

Je vous fais cadeau des camionnettes aux rétros larges qui ont failli m'assommer sans autre forme de procès.

Arrivé miraculeusement en vie sur le trottoir tel « Indiana Jones dans le temple maudit », j'attrape rapidement les valises afin d'enfin me casser de ce royaume des rats au sens propre comme au sens figuré, sale, bruyant et dangereux.

Et c'est là qu'apparaît mon bobo majestueux dans toute sa splendeur sur son vélo hollandais noir avec panier en osier sur le devant.

Mon bobo sapé de la tête aux pieds en APC et Birkenstock qui laisse apparaître ses sales pinceaux longs et moches comme un jour sans pain.

Le genre de gueux originaire de la banlieue de Clermont-Ferrand qui se la joue parisien-qui-sauve-la-nature,-car-il-roule-à-fond-en-vélo.

Mon beau gland qui brûle les feux et passe sa vie à gueuler dans le vide contre les automobilistes qui n'en ont rien à carrer de ses injonctions, car ils ne l'entendent pas.

Le genre d'enfant du matin, fini au pipi, tout content de raconter à sa femme ses exploits d'adepte de la pédale dans la jungle parisienne.

Le voici donc mon couillon à l'air hautin, affublé d'un casque qui lui fait la frime d'un Playmobil, ruinant définitivement les deux heures qu'il passe chaque matin à choisir des fringues pour faire genre-il-ne-les-a-pas-choisi-car-son-goût-sûr-est-naturel.

Épais comme un sandwich jambon sans cornichons d'un TGV Paris-Lyon, voilà donc mon bobo m'interpellant :
– « c'est réservé aux bus et aux vélos connard », en accélérant.

J'ai juste eu le temps de lui répondre que son

151

père aurait été inspiré de mettre des capotes qui nous auraient fait faire la précieuse économie d'une tête de con sur cette belle terre.

Pas plus, car mon Playmobil avait déjà brûlé le feu de peur que je ne vienne lui mettre un bon coup de plafond dans la frime.

Depuis, tout va bien je suis rentré à la campagne où les passionnés du tunning te collent au cul avec de vieilles Clio bruyantes, mais aussi puissantes que les guiboles du bobo parisien !

Je me dis que si certains mecs se conduisent au paddock avec leurs femmes comme ils pédalent ou comme ils conduisent, ça ne doit pas être la fête du slob dans leurs chaumières.

Allez bon jeudi, bien chaud sous vos applaudissements.

Le gifleur du président de la République condamné

11 Juin

La façon impeccable dont « l'idiot gifleur » a été géré par la justice souligne quand même le deux poids deux mesures qui règne chez nous.

À peine 72 heures après son geste, notre énergumène est déjà appréhendé, jugé, condamné et incarcéré.

Ce qui montre que notre système judiciaire fonctionne finalement très bien.

Mais quid de ces milliers de concitoyens qui sont agressés, giflés, emmerdés tous les jours ?

Quid de ces nombreuses femmes victimes de la violence de « leur compagnon » malgré plusieurs alertes ou appels au secours qui finissent au cimetière laissant derrière leurs destins tragiques des enfants orphelins ?

C'est un peu comme le « quoiqu'il en coûte » ça.

Avant la pandémie, on nous explique qu'on n'a plus un rond, qu'il faut absolument tout réformer et qu'on file directement à la ruine.

Et comme par enchantement, on trouve des milliards pour tenir pendant plus d'un an.

C'est heureux, bien sûr.

Cela veut aussi dire que l'état peut investir des milliards dans la police, dans la justice, dans l'éducation, dans la culture.

L'état peut sérieusement faire du féminicide, mais aussi de l'insécurité et de la délinquance ses priorités.

Car quand l'état veut, l'état peut tout.

Mais pour ça il faut de la volonté, des convictions et du courage politique.

J'ai à nouveau une pensée pour Sarah Halimi qui symbolise pour moi la souffrance de toutes ces femmes victimes de la folie des barbares et trop souvent méprisées par la justice pourtant très efficace de notre pays.

« Selon que vous serez puissant ou misérable, les jugements de cour vous rendront blanc ou noir »... La Fontaine.

Bon vendredi sous le soleil et sous vos applaudissements.

David Belliard
« le roitelet étriqué »
16 juin

David Belliard est l'égérie des « verts », l'homme qui a le véritable pouvoir à Paris puisqu'Anne Hidalgo est devenue leur potiche.

Il se fantasme en star du rock dans son costard étriqué et ses baskets chaudes qui doivent abriter des morceaux de fromage de chèvre du Luberon entre les doigts de ses pinceaux d'écolo.

Voix un peu aiguë, il assène ses vérités d'un air joyeux comme lorsqu' on lui sert un « tofu aux 3 poivres, et une salade d'algues avec une pointe de graine de pissenlits du Poitou », le tout arrosé d'un vin bio aussi trouble que le fond d'un marécage du Bayou à la saison des pluies.

Sous ses airs « de mec cool » se cache un véritable Robespierre de l'écologie punitive, chiante, moche et ruineuse par-dessus le marché.

Paris est donc l'otage de ce petit roitelet étriqué, débraillé sans style et sans panache.

Le genre de mec qui bouffait ses crottes de nez et collait ses chewing-gums sous sa table au bahut, et qui était fier de porter des Kickers avec une salopette en jean à 20 ans.

Je ne me laisserai pas berner par cette nouvelle génération de petits politicards, dont il est le chef de file.

Comme leurs copains « bobos ricains », des Start-up californiennes qui sous des dehors « cools » ont tué San Francisco, une des villes les plus créatives du monde pour en faire un immense parc immobilier inodore, incolore et sans âme.

C'est ce qui attend Paris avec ce genre d'hurluberlus à sa tête.

Aujourd'hui il vient d'annoncer que les deux roues devront casquer le stationnement à Paris en 2022.

Il faut bien trouver un « pognon de dingue » pour essayer d'amortir les 7 milliards de dépenses dans des chiottes immondes, des travaux interminables et souvent fictifs, des bouées couleur jaune pipi, lendemain de cuite et des pistes cyclables désespérément vides.

Ce type est définitivement le chef de la tribu des « c'est-pas-nous-qu'on-paye-c'est-les-parisiens ».

Bon en même temps, parisien je ne le suis plus, mais ça reste la ville où je suis né et où j'ai toujours vécu.

Bon mercredi ensoleillé et chaud sous les tee-shirts, sous les maillots et sous vos applaudissements.

Une histoire triste
18 Juin

Hier j'ai entendu à la radio l'histoire d'un paysan de 50 ans qui s'est suicidé parce qu'il n'arrivait plus à assurer les charges de son exploitation agricole.

Ce pauvre homme produisait des cochons comme son père, son grand-père, son arrière-grand-père et ses aïeux avant lui.

Il vendait sa viande 1 € le kilo qui se retrouvait à 8 € dans les étals des supermarchés.
7 € d'intermédiaire, une honte.

Cet homme gagnait 300 € par mois avec sa femme, c'est-à-dire 150 € chacun.

Sa veuve expliquait que sans les aides de l'état, il était impossible pour eux de continuer et qu'ils devraient affronter la honte dans le village d'avoir ruiné une entreprise familiale vieille de 150 ans.

Ce malheureux ne l'a pas supporté.

Il s'est purement et simplement pendu dans sa grange.

161

On a demandé à sa femme pourquoi elle continuait à se battre dans des conditions de travail hallucinantes :

70 heures de boulot par semaines, pas de vacances, des taxes dans tous les sens.

Elle a répondu qu'elle le faisait en mémoire de son mari et parce que son métier la passionnait.

Elle a dit aimer ses bêtes, les élever dans la plus pure tradition française afin d'être fière de bien nourrir les consommateurs.

D'autant qu'elle n'est pas d'origine paysanne et qu'elle a été élevée dans une famille citadine.

J'ai trouvé cette femme héroïque et je dois avouer que j'ai dû arrêter ma voiture sur le bas-côté en pleine campagne pour sortir prendre l'air, et que je n'ai pu empêcher les larmes de couler sur mes joues en pensant à cette famille et au courage de cette femme.

J'ai reçu beaucoup de messages me demandant ce que je pensais de Louboutin qui sponsorise Assa Traoré.

La réponse est que je n'en ai rien à foutre de

cette marque de guignol et de cette
« passionnata du pognon ».

Le pire dans cette histoire, c'est que l'ensemble
des médias n'ont parlé que de l' » affaire
Louboutin », alors que quasiment personne ne
parle du suicide de nos agriculteurs, de nos
flics, de nos profs et de tous ces héros du
quotidien qui s'éreintent par passion pour leurs
métiers et pour notre bien-être, pour des
salaires indécents.

En ce fameux 18 juin où l'appel du général de
Gaulle a amené des milliers de jeunes dont mon
grand-père à se sacrifier pour la France, je veux
avoir une pensée profonde pour ce paysan.

Je veux lui dire combien je le respecte même si
je ne peux pas faire grand-chose si ce n'est
écrire ces quelques lignes en sa mémoire.

Décidément mon arrière-grand-mère
avait raison :

« Les murs des asiles sont dans le mauvais
sens ».

Bon vendredi sous vos applaudissements.

Je ne suis pas allé voter
aux élections régionale
22 juin

Dimanche dernier j'ai fait partie des 68 % de français qui ne se sont pas déplacés pour voter.

Pour la première fois de ma vie, je n'ai pas usé de mon droit de vote.
Qu'on m'épargne tout de suite la leçon de morale du
« t-as-pas-voté-t-as-pas-le-droit-de-parler ».

Je n'ai rien à faire des donneurs de leçons.

Car dimanche dernier nous avons été majoritaires à exprimer notre mécontentement face à la classe politique : 68 % c'est énorme.

Alors nous avons le droit de l'ouvrir et plus que jamais.

C'est le désaveu total des Français pour ceux qui nous gouvernent et la classe politique en général.

Au lieu d'entendre le coup de semonce, au lieu d'écouter la voix populaire, ils continuent de plus belle devant nous à faire des alliances contre nature pour garder leurs sièges pour les uns, à carrément engueuler les électeurs qui ne sont pas allés voter pour les autres, ou encore à se targuer d'avoir fait 40 % de votes sur 20 % de votants pour certains.

Pour l'instant, les Français sont contents d'aller boire des bières en terrasse et toutes les corporations sont heureuses de reprendre le boulot.

L'été, associé à la reprise des activités, constitue l'arbre qui cache la forêt.

La forêt c'est que va-t-on faire avec nos hôpitaux dont on a vu l'état de délabrement pendant la pandémie.

Vont-ils devoir se contenter du souvenir de nos applaudissements à 20 h l'année dernière ?

La forêt, c'est que va-t-on faire avec nos écoles dont on sait que les enseignants baissent les bras faute d'être soutenus par leurs hiérarchies lorsqu'ils sont menacés par « des parents de sauvages » capables de soutenir l'assassin de Samuel Paty.

La forêt, c'est d'accepter le sort de Mila totalement exclue de toute socialisation parce qu'elle s'est défendue contre l'homophobie la plus moyenâgeuse.

La forêt, c'est que va-t-on faire pour nos agriculteurs, nos pêcheurs, qui travaillent à perte et qui enregistrent un taux de suicide hallucinant.

La forêt, c'est quels moyens va-t-on donner à nos flics, à nos pompiers qui se font caillasser, canarder voire assassiner lorsqu'ils interviennent dans nos quartiers.

La forêt, c'est que fait-on avec une partie de la population qui travaille pour moins de 1000 balles par mois n'arrivant parfois pas à se loger.

La forêt, c'est nos anciens qui vivent avec 700 € de retraite et qui meurent seuls dans des conditions sanitaires indignes.

La forêt, ce sont les grandes entreprises du CAC 40 qui vendent notre patrimoine à des entreprises chinoises pour faire monter le cours de leurs actions.

La forêt, c'est quelle réponse donner pour protéger notre exception culturelle française qui a fait de notre pays une grande nation et de la francophonie, une lumière pour le monde, mais qui perd de l'influence au profit de l'américanisation du monde occidental ?

La forêt est immense, les combats vont être rudes.

Et tous nos politiques continuent comme si de rien n'était.

Voilà pourquoi je ne me suis pas déplacé dimanche, et je n'ai aucun regret bien au contraire, je suis fier de faire partie de cette immense majorité de français à avoir dit merde à tous ces « mal élus majoritaires d'une minorité ».

Notre système est à bout de souffle et il est temps de le faire évoluer pour que nous ayons plaisir à participer aux élections.

Je finirais par une citation de Coluche plus que d'actualité :

« Si voter changeait quelque chose, il y a longtemps que ça serait interdit ».

Bon mardi dansant sur le volcan sous vos applaudissements.

Des hommes d'honneur
30 Juin

Il y a une valeur qui est en grande perte de vitesse dans notre société moderne, c'est l'honneur.

L'honneur d'un homme qui prend ses responsabilités et qui après un échec cuisant a le courage de présenter sa démission.

Politiquement, Lionel Jospin l'a eu en 2002 en se retirant carrément de la vie politique française suite à son échec cuisant face à Le Pen aux présidentielles.

Jospin représente tout ce que je déteste à gauche, mais ce geste a forcé mon respect d'électeur à jamais.

Pas moins de 10 ministres se sont mouillés dans les Hauts de France pour les LREM, dont Monsieur Dupont-Moretti, pour un résultat catastrophique.

Ces 10 ministres ne se seraient-ils pas honorés de présenter leur démission suite à ce

« Waterloo » politique ?

De même pour notre sélectionneur de l'équipe de France Didier Deschamps.

S'il avait été éliminé en 1/4 ou en demies, pas de problème, l'équipe tenait son rang.

Mais sortir de l'Euro par la petite porte après une phase de poule laborieuse et une « remontada » suisse en 1/8 de finale, frôle « l'accident industriel ».

Entendons-nous bien, je ne réclame pas la démission de Didier Deschamps.

Même si je n'ai jamais aimé le jeu qu'il prône pour l'équipe de France, y compris en 2018, que je trouve désagréable à regarder, je n'oublie pas qu'il nous a amené notre deuxième coupe du monde.

Et c'est justement parce qu'il a été champion du monde qu'il s'enorgueillirait à présenter sa démission après ses résultats catastrophiques.

Tout comme un référendum populaire, ce serait une façon de nous demander à nous, les

66 millions d'entraîneurs, si nous voulons qu'il reste ou qu'il parte.

Et je suis certain que la majorité des Français séduits par ce geste courageux qui symboliquement reconnaît ses erreurs voudraient qu'il reste.

L'honneur une valeur perdue, mais qui je l'espère, retrouvera des couleurs dans les années à venir.

Champagne
1er juillet

Être dans le saint des saints de l'excellence française reconnue dans le monde entier : Reims.

Le Z crapahute en Champagne.

J'aime mon pays du plus profond de mon être.

Rencontrer des vignerons passionnés qui m'expliquent comment ils font leurs assemblages, comment ils réagissent lorsque la nature est capricieuse et qu'il gèle.

C'est passionnant de fréquenter des passionnés.

L'artisanat français est pour moi le plus raffiné du monde.

Hemingway 60 ans déjà
02 Juillet

Il y a 60 ans, l'un de mes héros se donnait la mort, rongé par de terribles maladies physiques et mentales insurmontables.

La première fois que je suis allé à Key West tout au bout de la South 1 en Floride il y a 30 ans, ce n'était pas encore devenu un « Disney World » puant pour touristes beaufs à claquettes et chemises hawaïennes débarquant leur vulgarité, leur saleté et les effluves de leurs mauvaises bières de ces immenses bateaux de croisière polluants.

Je m'étais précipité pour visiter sa maison et j'avais eu une véritable émotion en voyant sa machine à écrire.

Les descendants de ses fameux chats à six coussins étaient encore les maîtres des lieux.

J'avais l'impression qu'il était encore là, assis à son bureau, et j'entendais le cliquetis de la machine où ses doigts tapaient avec dextérité tous ses textes qui ont fait rêver des millions

177

de lecteurs.

Personnage fascinant d'intelligence, de beauté, de facilité.

Une puissance d'écriture pour une fragilité humaine hors norme.

« En avoir ou pas » reste l'un de mes livres de chevet, mais il est difficile d'avoir une préférence dans cette œuvre magistrale et vertigineuse.

Ernest 4 Ever

Vive Intermarché !
03 Juillet

Résumé de l'histoire.

Chez nous, c'est moi qui fais les courses, car la comtesse a des réminiscences venant très certainement de ses aïeux.

Elle ne supporte pas aller au supermarché se mélanger aux gueux sans particules et sans chevalières aux petits doigts, en claquettes chaussettes avec le maillot de l'équipe de France de foot, et le short en lycra qui fait bien macérer les bijoux de famille.

Alors que moi j'adore.

Mon préféré c'est Intermarché parce que « nous nous battons tous contre la vie chère ».

Et puis le mien favorise les producteurs locaux et les paye le bon prix.

La première fois que j'y suis allé, la caissière me dit :

– Oh ! Mais je l'ai reconnu malgré le masque c'est le monsieur de la télé là...Dove Zeitoun.

– Presque : moi, c'est Valery Zeitoun, mais il y a aussi Dove Attia qui est très sympathique

– Ah oui! Je vois, celui qui raconte l'histoire des chansons sur France 3 je vois.

– Non ça c'est André Manoukian un autre encore qui est très sympa aussi.

Interloquée, je sens qu'il y a trop de juifs et d'Arméniens d'un coup pour bien les distinguer même si objectivement je suis le plus beau et le plus sympa des trois.

– Ah d'accord et lui alors il présente quoi déjà ?

Comprenant rapidement qu'elle fait partie de ces gens qui utilisent le « il » au lieu du « vous » je lui réponds gentiment :

– Lui il est producteur de musique il ne fait pas de télé, mais il y passe de temps en temps .

– En tout cas il est très sympathique il habite dans le coin ?

– Il vous remercie ; elle aussi est très sympa. Oui, il vient d'emménager dans le coin.

– Tenez je lui donne des vignettes supplémentaires pour avoir le plat à gratin Tefal, il est super.

Yes, le plat à gratin Tefal ça, c'est stylé.

Depuis cette caissière est devenue ma pote utilisant toujours le « il « au lieu du « vous », on se marre bien tous les deux, je lui demande des nouvelles de ses enfants, elle me demande quand est-ce « qu'il va refaire de la télé »… bref nous nous kiffons !

Avant-hier je fais la queue avec deux articles en main et au moment où c'est mon tour, une jeune femme arrive et me passe devant sans autre forme de procès avec trois articles.

Elle est maigre et longue comme un jour sans pain, porte des putains de Birkenstock aux pieds et ne s'est pas rasé les jambes depuis l'élection d'Emmanuel Macron en 2017.
Une petite odeur de rillettes « Bordeaux Chesnel » se dégage de ses aisselles, et son

Totebag « Biba » m'indique que j'ai certainement affaire à une écolo bobo qui a l'autocollant « contre le nucléaire » collé au cul de son combi Volkswagen qu'elle a payé 45 000 balles et qui pollue plus que 3 bus de la RATP, mais qu'elle ne porte pas de déodorant pour ne pas trouer la   couche d'ozone.

Avant même que j'aie la possibilité de m'étonner de son attitude cavalière, elle me toise et me dit :

– Je suis enceinte.

– Ce n'est pas une maladie madame, je vous en prie, passez.

– Vous trouvez ça drôle de vous moquer d'une femme enceinte ?

– Je ne me moque pas Madame, mais vous auriez pu demander avant de vous imposer cela aurait été plus sympathique et courtois, d'autant qu'on ne voit pas du tout que vous êtes enceinte

– Dites tout de suite que je mens !

Comprenant rapidement que je suis tombé sur une fatiguée du cerveau et étant devenu zen avec le temps, j'abandonne la polémique et ferme ma grande gueule, car j'avais laissé mijoter un plat à la turne et il était hors de question que je le rate à cause de cette idiote à poil dur.

À peine avait-elle le dos tourné que ma caissière préférée me disait :

– Ah ! Ces parisiennes, toujours pressées jamais bonjour en plus je suis sûre qu'elle n'était pas enceinte par contre lui, qu'est qu'il est gentil, il ne s'est même pas énervé, bravo.

De toute façon, on l'aime beaucoup avec les collègues, il est très gentil pour quelqu'un qui passe à la télé

Ah ! Ma petite caissière, pour un peu je l'aurais embrassé, car c'était sa façon de me dire que je m'étais bien intégré dans mon nouveau fief de petite ménagère que je suis.

Maintenant en plus de la carte Bricomarché j'ai la carte Intermarché et ça, ça claque grave.
Quant à la bobo, je me dis quand même qu'il

est fort dommage que son père puis son mari n'aient pas eu recours aux capotes.

Cela nous aurait économisé quelques casse-pieds et par les temps qui courent, c'est pas du luxe…

Bon samedi avec la carte Intermarché sous vos applaudissements.

Deuxième dose
09 Juillet

Enfin le Z a eu sa deuxième dose.

Je me sens libéré, heureux de savoir que je ne pourrai plus attraper une forme grave de ce putain de virus chinois qui est d'ailleurs le seul truc solide qu'ils sont capables de produire.

C'est quand même fabuleux cette histoire de vaccination.

J'ai une pensée pour Pasteur et je le remercie d'avoir découvert cette immense avancée pour l'homme.

Vive le vaccin, vive la médecine, vive le progrès.

#MerciPasteur

À toi l'abruti qui porte une étoile jaune « sans vaccin » sur le torse

13 Juillet

À toi l'abruti qui porte cette honteuse et minable étoile jaune sur la poitrine je veux dire ceci :

Lorsque mes grands-parents ont dû la porter, les tiens ont certainement dû faire partie de ceux qui les avaient balancés aux boches pour les voler et les spolier.

Tu parles de dictature, de liberté et tu te compares aux juifs qui ont fini dans des fours uniquement parce qu'ils étaient juifs.

Que sais-tu de la dictature pauvre imbécile ?

Que sais-tu de l'humiliation d'être d'abord viré de ton boulot, volé, insulté, battu, pour finir assassiné avec tes gosses ?

Tu n'as que le mot liberté à la bouche alors que tu paies avec tes cartes de crédit, que tu étales ta vie sur les réseaux sociaux, et que de fait, tu es comme nous tous exposé à Big Brother qui sait

187

ce que tu aimes, pour qui tu votes, avec qui tu vis, où tu vas en vacances, quelle bagnole tu possèdes, combien de chiards tu as, quelle musique tu écoutes, quel boulot tu fais et le nombre d'oignons que tu as sur les arpions.

Tu fais sûrement partie des pauvres hébétés qui consomment ce que la pub leur dit de consommer, et de ces voyeuristes malsains qui ralentissent pour regarder l'accident qui a eu lieu sur la route.

Franchement, je n'en ai rien à foutre que tu ne veuilles pas te faire vacciner, mais en portant cette étoile honteuse je n'ai qu'un regret :

Qu'on ne te pique pas tout court, car tu es la plaie de notre société : tu es pire que les monstres qui ont inventé cette putain d'étoile jaune.

Pour moi elle symbolise la souffrance et la disparition des miens.

Elle symbolise la pire période de l'humanité où des millions d'innocents, enfants compris, sont allés à la mort dans des conditions apocalyptiques.

Une période sombre où on donnait à manger des bébés vivants à des chiens enragés.

Mettre ce symbole de la mort pour un simple vaccin c'est vraiment n'être qu'un minable glaviot d'hiver vert comme une fine de clair numéro 1.

Tu devrais plutôt te l'enfoncer dans ton minable derche huileux de toute la malbouffe que tu te tapes.

Dans mon humanité matinale, je ne te souhaite pas d'avoir à porter cette étoile pour de bon un jour... car tu ne tiendrais pas deux minutes devant cette horreur contrairement à nos ancêtres qui l'ont subie avec courage et dignité.

Mais je te souhaite quand même d'avoir une bonne diarrhée permanente avec des hémorroïdes jusqu'à la fin de ton minable passage sur cette terre que tu ne mérites pas.

À bon entendeur.

Bon mardi, un peu énervé sous vos applaudissements.

Rafle du Vel d'hiv
16 Juillet

Le 16 juillet 1942, des enfants ont été victimes de la rafle du « Vel d'hiv ».

L'étoile jaune, ils ne l'avaient pas mise eux-mêmes sur leurs vêtements.

C'est l'État français de l'époque qui dans un incroyable cynisme avait ordonné à leurs parents de la payer et de la coudre sur leurs vêtements afin de les obliger à la porter.

Marqués comme des bêtes, ils ont été arrêté par des policiers français, puis, parqué avec leurs parents et leurs familles pendant 3 jours et 2 nuits sans toilettes pour pisser, sans rien à manger et pratiquement rien à boire.

Puis, on les a fait monter dans des wagons à bestiaux qui étaient tellement brûlants, en cet été 1942, que beaucoup suffoquaient et crevaient avant même d'arriver dans les camps de la mort.

Là, ils étaient accueillis par des nazis hurlants et

violents qui les triaient sous une pluie de coups de crosses ou de nerfs de bœuf au son des aboiements terrifiants de leurs bergers allemands.

Ils étaient triés sur plusieurs files, et les familles étaient séparées dans un désespoir extrême.

Les garçons étaient arrachés des bras de leurs mères.

Une file ou tout le monde était nu allait directement à la douche.

Ces pauvres malheureux devaient se sentir rassurés quelques instants en se disant qu'ils allaient enfin retrouver un semblant d'humanité grâce à une douche.

En lieu et place de l'eau, le gaz Zyklon b se propageait lentement afin d'étouffer ces pauvres innocents pendant de très longues minutes.

Une mort atroce, inhumaine.

Quant aux autres, ils allaient affronter des températures extrêmes, de terribles maladies, la dysenterie, les poux, la malnutrition, l'angoisse de crever au bon vouloir d'un nazi bourré, du travail d'esclave…

Leurs crimes ?
Être juif.

Souvenons-nous de ces enfants.
Ils ne savent pas ce qui va leur arriver.

Ils ne savent pas qu'ils viennent d'être vendus aux nazis qui n'en voulaient d'ailleurs pas.

Le zèle de Laval et de sa bande a fait son travail.

Ils ont l'âge où on est espiègle, innocent, où on met les doigts dans le pot de confiture, où on joue aux billes et où on fait des « pâtés » sur les marges de son cahier d'écolier.

Ils ont l'âge des genoux écorchés par les ballades en vélo dans la campagne.

Leur souvenir ne me quitte pas.

Ça, c'est la dictature.
Ça, c'est l'horreur.
Ça, c'est Hitler.
Ça, c'est Pétain.

Alors pauvre cloche avec ton autocollant d'étoile jaune « sans vaccin », à ta place je me mettrais à genoux et je demanderais pardon.

Pardon à toutes ces âmes d'être un âne.

J'espère de tout mon cœur que les âmes de ces petits ont trouvé la légèreté éternelle, puisque leur massacre n'a pas suffi à calmer la folie et la bêtise des hommes.

Bon vendredi sans applaudissements, mais dans le recueillement et le souvenir de ces petits visages innocents.

Les cyclistes du dimanche
17 juillet

Chez moi à la campagne, c'est la saison des cyclistes amateurs qui pensent qu'ils font le tour de France.

Niveau style, ils sont pires que les vrais qui sont déjà la pire insulte mondiale au bon goût et à l'élégance.

Des maillots immondes près du corps, que dis-je de la bedaine pleine de 'Ricard, cacahuètes salées, sauciflards « Cochonou le cochon bien de chez nous » qui ne disparait pas malgré les coups de pédales.

Ils roulent en peloton, prenant des airs de pros, le visage tordu par la douleur du champion du quartier.

L'autre jour, j'en ai dépassé un qui faisait exprès de rouler au milieu de la route genre « priorité aux cyclistes j'emmerde les bagnoles vive le sport sur Antenne 2 avec Robert Chapatte et Dominique Le Glou sa race ».

Il était tellement vieux que ses articulations grinçaient plus que son vélo qui datait de l'époque de Fausto Coppi.

Et puis tu as ceux qui ont tout l'équipement : maillot bariolé, lunettes fluo, casque à tête de con, vélo brillant et léger, mollets de coqs saillants et qui sont aussi épais de face que leurs vélos.

Ceux qui ont fait une fois 57e au « critérium de mon cul » et qui pensent qu'ils ont raté une carrière pro.

Ceux-là, ils ne rigolent pas du tout, car « le vélo c'est leur dada ».

Ils roulent ensemble, prennent aussi toute la place sur le bitume et ne te laissent passer que lorsqu'ils ne peuvent plus rivaliser avec ta vitesse.

En attendant, toi, tu es derrière comme un con à mater leurs immondes derches qui montent et qui descendent au rythme de leurs coups de pédales et à rêver l'espace d'un instant qu'ils perdent leurs selles afin d'être punis d'être aussi lourds sur la route.

Je sais que j'ai des amis chers qui adorent le vélo et le Tour de France.

Moi ça m'a toujours emmerdé et quand l'un d'entre eux me dit tout joyeux ,
« j'ai fait une étape du tour dans la caravane de l'équipe » je me demande pourquoi je lui jacte encore.

Le seul truc que j'aime dans le tour, c'est les hôtesses, mais ces insupportables néo-féministes me les ont supprimés.

Ah et aussi le dopage… ça j'adore, mais apparemment c'est interdit.

Enfin officiellement.

Bon samedi en « danseuse » sous le signe de la pédale et sous vos applaudissements.

.

Dur les vacances !
20 Juillet

J'ai voulu prendre des billets de train pour les enfants.
Au moment de casquer, j'ai cru que j'achetais le wagon entier.

Alors j'ai pris des billets d'avion, là au moins tu ne payes que pour une aile c'est déjà moins douloureux.

C'est bizarre, mais je ne les sens pas du tout ces vacances.

J'ai envie d'y aller comme de me pendre.

Je file un mauvais coton (expression utilisée pour la dernière fois le 07 novembre 1981 par Jacques Pessis) je crois que je deviens un misérable misanthrope.

Je n'ai qu'une envie, rester enfermé dans ma campagne loin du bruit du blaireau, de l'odeur bon marché de son huile de monoï, et de ses tongs voire pire de ses claquettes chaussettes immondes, et de sa sacoche Gucci qui va de son épaule à sa taille.

Car le blaireau est maintenant partout de la côte est à la côte ouest en passant par la Manche.

Ce « street -style » d'un goût douteux a envahi l'hexagone et c'est une pitié pour moi.

La foule me terrorise et l'idée de me faire chier à tourner pour trouver une place en plein cagnard, pour aller déjeuner sur une plage me saoule d'avance.

Bon je vous laisse, car aujourd'hui j'ai le moral d'un type qui rêverait d'être acteur porno, mais qui aurait une micro-teub, et que je suis chafouin (expression utilisée pour la dernière fois le 17 mai 1964 par Catherine Langeais).

Bon mardi sous vos applaudissements.

Le Parisien à la campagne
22 juillet

Résumé de l'histoire.

Comme tous les glands parisiens qui adoptent la lavie à campagne, j'enchaîne sur connerie sur connerie.

La tonte par exemple.

Vu que nous nous sommes pris des litres et des litres de flotte sur le coin de la frime pendant tout le mois de juillet, le jardin s'est vite transformé en paillasson pour géant vert ou en paddock pour Shrek si vous préférez.

Trop content et surtout prévoyant, j'avais acheté sur internet une magnifique tondeuse noire et allemande, mais n'y voyons aucune connotation racisée là-dedans.

Sachant qu'il ne sert à rien de tondre quand il pleut, je la voyais tous les jours rutilante dans le garage avec la même envie irrésistible de m'en servir qu'un adolescent de prendre la bagnole de son daron parce qu'il vient d'obtenir le permis de conduire.

Puis, énorme miracle pour un mois de juillet (de ceusses qui peuvent te faire croire en Dieu), le soleil est apparu la semaine dernière, permettant toutes les folies possibles et imaginables dans le jardin.

Entendant les tondeuses des voisins lointains déjà à la tâche, c'est le cœur battant la chamade comme au premier rendez-vous avec la comtesse que je m'approchais de ma nouvelle acquisition, fier comme Artaban.

Oui, mais voilà, le parisien est fier et il n'a donc pas besoin de la notice.

Il sait, car il a quand même fait des choses bien plus compliquées dans sa vie.

Me voilà donc ganté et chaussé de bons gros godillots crottés et ridicules en train de remplir le réservoir d'essence moteur 4 temps, à l'aide d'un entonnoir, car j'ai bien pris soin d'acheter une thermique. (plus pro bien sûr, car le parisien est toujours à la pointe.)

Jusque-là tout va bien, mais au moment de remplir le réservoir d'huile « voilà t'y pas » que le parisien que je suis se transforme en cuisinière tunisienne qui prépare une « Pkaila Royale » (plat typique judéo-tunisien composé d'épinards frits entre autre, d'huile d'huile et encore d'huile).

Je remplis donc le réservoir d'huile jusqu'à ras bord me disant que l'huile, ça n'est jamais mauvais.

Me voilà torse nu et « bourrelets à découvert » me disant que j'allais joindre l'utile à l'agréable c'est-à-dire la tonte à la bronzette ayant pris bien soin d'huiler aussi mon corps de rêve qui fait fantasmer la terre entière.

Après avoir réglé ma machine sur « poil ras », je tire sur le démarreur.

Elle démarre sans problème et me voilà heureux en train de la pousser dans le jardin, espérant que la comtesse m'aperçoive, histoire qu'elle retombe illico presto amoureuse de son vioque.

Mais au bout de quelques mètres à peine, elle commence à fumer de cette même fumée blanche qui nous annonce que nous avons enfin un pape.

Je me dis que ce ne doit pas être bien grave et continue à tondre tellement fier de moi et appliqué à essayer d'avoir la même coupe que celle du Parc des Princes.
À peine ai-je le temps de faire un aller-retour qu'une petite flamme apparaît.

Pensant qu'elle allait m'exploser à la troche, je cours chercher de la flotte pour éteindre la flamme sous les hurlements de la comtesse qui se voyait certainement veuve à 33 ans et qui aurait eu du mal à expliquer que c'était à cause d'un accident de tondeuse.

Je comprends, il y a des canages un peu plus rock'n'roll.

Le surplus d'huile a totalement bousillé ma belle Allemande noire à mon grand désespoir et le pire c'est que la réparer coûterait plus cher que de la racheter !

Depuis, je n'ose même plus la regarder et je

sens chaque fois que je la croise dans mon garage qu'elle me dit :

« Pro le parisien hein ?.... Il serait plutôt con comme une valise sans poignée oui ».

J'avoue j'ai honte.
Adieu ma belle tondeuse Brast
120621-120721

Amy Winehouse
10 ans déjà
23 Juillet

Il y a des jours sombres qu'on n'oublie jamais malgré la chaleur du soleil brûlant de l'été.

Ce 23 juillet 2011 avait plutôt bien commencé.

J'étais invité pour une semaine de vacances chez un ami écrivain célèbre à succès dans sa très jolie maison de Guéthary.

L'ambiance était festive, amicale, mais aussi sportive.

Ayant décidé d'améliorer mon revers, j'avais opté pour des cours de tennis intensifs le matin avec une prof qui avait décidé de me torturer.

Je me souviens avoir très bien joué ce matin-là et sur le chemin du retour à la maison, j'étais très fier de moi.

Mais lorsque je suis arrivé dans cette très jolie maison, alliant gaieté et raffinement, l'ambiance autour de la table du petit déjeuner était comme flottante, voire bizarre.

Tout heureux, je criais à la cantonade mes progrès au tennis un peu à l'image de Christian Clavier au ski dans les Bronzés du même nom.

Mon ami, d'habitude très chambreur, s'est approché de moi avec un air doux et triste qui ne lui ressemblait pas vraiment.

– Val j'ai quelque chose à te dire

– Vas-y papa avec la partie que je viens de faire je suis sur un petit nuage.

– Écoute, je ne sais pas comment t'annoncer ça, mais le dealer d'Amy Winehouse est au chômage.

– Pfff qu'est-ce que t'es con !

Il m'a fallu l'espace de 10 secondes pour comprendre qu'il m'annonçait la disparition brutale de la brindille la plus talentueuse de la musique mondiale depuis bien longtemps.

– De quoi tu parles ? J'ai eu des nouvelles il y a à peine un mois, elle allait beaucoup mieux.

– La nouvelle est tombée il y a 20 mn Val.

Je cours dans ma chambre récupérer mon portable et lire les nombreux SMS et appels en absence, de journalistes français me confirmant ce cauchemar bien réel.

Totalement sonné, j'ai tout de même le réflexe d'appeler son manager, mon ami Ray Cosbert.

Lui, d'habitude assez difficile à joindre, me répond au bout de deux sonneries et me confirme la disparition d'Amy.

– Je ne comprends pas ce qui est arrivé Valéry, elle allait beaucoup mieux elle avait décidé de retourner en studio puis de refaire une tournée. Elle avait même écrit de nouveaux titres.

Elle était tombée amoureuse d'un nouveau mec, très bien celui-là.

Je n'arrivais pas à réaliser ce qu'il m'annonçait.

Quelques jours après, je me retrouvais à

Londres pour le pire enterrement auquel j'ai assisté de ma vie.

Mais ça, c'est une autre histoire.

Je n'ai pas pu écouter Amy jusqu'à récemment comme s'il fallait laisser son âme monter le plus haut possible loin de tous ces gens qui l'ont moquée, vilipendée, arnaquée, méprisée, sans réaliser qu'elle était en train de mourir à petit feu depuis plusieurs années.

Mourir d'amour pour un petit voyou sans talent, si ce n'est celui d'avoir séduit un ange.

Aujourd'hui cela fait 10 ans qu'elle est partie et je lui souhaite de tout cœur d'avoir trouvé la paix éternelle et je la remercie de m'avoir fait vivre l'une de mes plus incroyables histoires professionnelles.

Et quoiqu'il arrive, je serai « team Amy pour toujours »

Amy Winehouse
140983-230711

Hommage
Jean-Yves Lafesse
23 Juillet

Décidément, ce putain de 23 juillet est un jour maudit.

À peine ai-je eu le temps de me souvenir de la disparition tragique d'Amy il y a 10 ans que j'apprends à la radio que tu es parti.

Je me souviens de la première fois où je t'ai entendu comme si c'était hier et pourtant c'était il y a 40 ans.

C'était sur Carbone 14, en 1980, le soir tard, car la radio était encore pirate.

J'avais 13 ans, mon père m'avait offert un « guetto-blaster » et je cherchais très lentement sur la bande FM cette fameuse radio libertaire au ton nouveau qui brisait l'ennui médiatique giscardien.

Puis sans le savoir, je tombe sur toi en train d'interviewer un marin auquel tu demandes s'« il a les matières fécales sèches ».

De ce jour tu es devenu l'un de mes héros.

Tu étais pour moi le fils naturel d'Antoine de St Exupéry et de Johnny Rotten.

Ce mélange subtil de poésie et de punk dans la « déconne » qui a élevé ton humour au rang d'art.

Tu laisses derrière toi des milliers de canulars téléphoniques ainsi que des caméras cachées, tous plus drôles et créatifs les uns que les autres.

Tu emportes aussi madame Ledoux, et nous laisses orphelins bien trop tôt d'un très grand artiste, mais aussi d'un homme de valeur, d'un homme « bonnard »comme on dit affectueusement.

Malicieux jusqu'au bout, tu as décidé de tirer ta révérence à Vannes.

Si c'est pas de la conscience professionnelle ça.

Quant à moi, il va falloir que je trouve un calendrier qui passe directement du 22 au 24 juillet.

So Long Jean-Yves Lafesse
130357-220721

Une mioche mal élevée
26 juillet

Résumé de l'histoire.

L'autre jour je me suis retrouvé par hasard chez un jeune couple de Parisiens qui venait d'emménager à la campagne.

Très jolie maison décorée avec goût, lui cadre sup qui roule en Volvo Xc 90, elle graphiste branchée, bref le couple « Elle Déco » dont tu te demandes s'il leur arrive de lâcher une caisse même aux toilettes.

Ce genre de couple parfait, fantastiquement bien campé par Eric Prat et Catherine Jacob dans « Tatie Danielle ».

La maîtresse de maison nous installe dans le salon autour d'une jolie table un peu bringuebalante pour faire genre « On n'a pas tout acheté chez Maisons du Monde on a aussi des meubles anciens ».

Une bouteille de Champagne, accompagnée par ces flûtes longues, moches et insupportables puisque ton pif n'y entre pas, trône au milieu de cette table basse.

Pour mon plus grand bonheur, une conversation d'une politesse et d'un ennui fantastiques s'engage.

— Nous sommes vraiment à 10 minutes de la gare, très souvent Nicolas y laisse la Volvo pour rejoindre Paris en 40 minutes.

— Sabrina s'est fait faire son bureau au deuxième, depuis le télétravail, notre vie a changé.

Dans ces cas-là, la comtesse est impeccable rapport à son éducation « Paris 116 patate chaude dans la bouche ».

Elle sait que j'ai envie de me barrer le plus vite possible de ce genre de traquenard, après m'être déchiré les habits, rasé la tête avant d'enfiler une combinaison orange et de m'immoler par le feu au milieu du salon.

Alors elle donne le change très poliment, mais en réalité elle est pire que moi !

Soudain les parents s'arrêtent de jacter en plein milieu d'une de leurs phrases passionnantes et prennent en chœur une voix débile d'enfant en direction du bas de l'escalier menant aux chambres et situé dans mon dos.

– La voilà, la voilà notre petite merveille. Tu as fini ton rododo ?

Surpris par tant de mièvrerie, je me retourne et aperçois une petite fille d'à peu près trois ans, petite morve vert glaviot avec bulle intégrée dans la narine gauche, mains bien crades et ongles noirs.

Toujours de sa voix débile haut perchée qui me donne envie de lui trancher les cordes vocales avec un cutter rouillé, la mère nous dit fièrement
– Je vous présente Eglantine notre petite dernière... viens Églantine, viens dire bonjour aux invités.

Comme tous les sales mioches mal élevés, Eglantine répond :
– nan ze veux pas dire bonjour » et fonce sur Churchill trop heureuse de voir un enfant au réveil qui fouette du goulot autant qu'elle, car

elle les adore.

Je me dis que ce moment va être interminable.

Je déteste lorsque des gens interrompent une conversation pour s'extasier devant leur rejeton qui n'a fait comme exploit que de se réveiller de sa sieste, ce qui est somme toute, à la portée de n'importe quel couillon mondial.

La conversation reprend au grand dam d'Eglantine qui n'est pas du tout contente de ne plus être le centre du monde.

Après avoir tiré les oreilles de Churchill dans tous les sens, voilà que le petit monstre crasseux décide de courir autour de la table bringuebalante.

Elle me marche allègrement sur les arpions, salissant au passage mes baskets blanches préférées.

Aucune réaction de la part des parents, qui continuent à nous déblatérer leurs conneries comme si de rien n'était.

Églantine décide de rajouter un cri bien

strident à ses tours de table, histoire de bien être le centre du monde.

« La p... de sa mère me dis-je en protégeant mes baskets blanches préférées, y'en a pas un des deux qui va arrêter cette gamine » ?

Il a fallu attendre deux flûtes cassées (bien fait) pour que le père demande plus mollement qu'un Chamallow à sa fille de cesser de courir ,non sans avoir été interrompu par la mère, lui intimant de ne pas être trop dur avec elle, car vous-comprenez-le-pédiatre-est-formel-il-ne-faut-surtout-pas-gronder-les enfants.

J't'en foutrais moi des pédiatres pareils.

File-moi son adresse que je lui envoie la facture de mes baskets blanches préférées à ce con.

C'est ce moment que la comtesse a choisi pour inventer un bobard dont elle a le secret afin de nous libérer lorsque nous sommes assiégés par la connerie telle Jeanne d'Arc assiégée par les Anglais.

À peine étions-nous dans la bagnole qu'un énorme fou rire nous prenait.

— Comme tu avais l'air con, mon chéri à protéger tes baskets, mais je déteste qu'on t'emmerde.

Ah, ma comtesse, je sais que si un jour par bonheur nous avions un nain, il sera très bien élevé façon « comtesseland ».

Quant à cette pauvre petite Églantine, elle n'est bien sûr pour rien dans cette histoire, son seul problème étant d'être tombée sur « parents lourdauds » à la loterie de la vie.

Bon lundi, bien morveux sous vos applaudissements.

J'aime les vues
28 juillet

J'aime les vues.

« S'extasier sur un paysage, sur un tableau, sur un beau cul.
La vue c'est la vie ».

Oui je sais cette phrase restera dans les annales de la philosophie moderne.

Don Zeitoun
Été 2021.

Bon mercredi sous vos applaudissements.

Hommage
Dusty Hill
28 Juillet

« Rough News ».

Ça fait toujours un choc d'apprendre la disparition d'un artiste éternellement jeune malgré sa longue barbe texane.

Immense bassiste, il a réussi l'exploit de faire swinguer le rock, voir le hard et aurait fait, j'en suis certain, un contrebassiste de génie.

Quant à sa voix, elle avait cette profondeur rocailleuse qu'on adore dans le bon gros rock FM ricain avec la précision d'une Bréguet.

Qu'est-ce que j'ai pu me péter les tympans à fond dans le désert Californien soleil couchant ou en mer à fond de cale sur un bateau au son des ZZ Top.

C'est un artiste majeur qui nous quitte aujourd'hui qui a fait aimer le rock même aux couillons qui pensent que « c'est du bruit ».

J'ai une pensée particulière pour mes amis les Delbarre fans absolus qui doivent être bien tristes ce soir.

Putain de mois de juillet.

So Long Dusty Hill
190549-280721

Vive le galure
de la comtesse
30 juillet

Juste avant de partir, la comtesse a fait l'acquisition d'un nouveau galure flambant neuf.

Il est en paille avec des rebords immenses.

Il ressemble à celui que porte Suzy Delair, dans Rabbi Jacob.

Elle y interprète la femme de de Funès qui lui fait croire qu'il l'a trompé avec « Thérèse Leduc, parce qu'elle le masse et qu'elle lui dit qu'il est bea ».

Le temps béni des films français fait pour le public et pas pour éviter des séances de psy au réalisateur comme les daubes chiantissimes qu'on nous sert aujourd'hui.
(Je sais ça n'a rien à voir avec l'histoire du galure, mais j'avais envie d'écrire une petite saloperie sur le cinéma d'aujourd'hui).

Je me dis donc que la comtesse est gonflée d'acheter ce galure en paille énorme qui s'étalait comme une pieuvre géante sur le paddock chanceux d'être le témoin de nos royales galipettes.
(Ça non plus ça n'a rien à voir avec l'histoire, mais j'aime beaucoup ce genre de digression).

Bref je n'étais pas pressé de le voir sur l'aristocratique frime de ma bien-aimée.

Et puis hier à 18 h c'est à dire à l'heure de l'apéro qui avait commencé à 11 h 30, ma mie l'a mis.

C'est ça l'injustice de la vie.

Moi je mets une casquette j'ai l'air d'un con rapport à ce que j'ai une putain de tête plate.

Elle, elle met ce galure, elle est chic comme la reine du Danemark au grand prix de Diane.

Bon le seul hic, c'est que les bords sont tellement grands qu'il est impossible de la galocher, mais en même temps nous ne sommes pas des adeptes de la galoche publique.

Je vous trouve magnifique ma comtesse.

Cet après-midi je vous propose une partie de cache-cache très compliquée, car je serai caché dans la cabine numéro 3 de la plage que vous savez.

Je vous y attends le cœur battant et le père de mes enfants au garde à vous.

I love You.

Votre gueux respectueux.

#LinoCaVaLGalure

Hommage
Jacob Devarieux
31 Juillet

Celui qui vous a croisé et qui ne vous a pas
aimé n'existe pas.

Celui qui vous a entendu jouer et qui n'a pas
aimé n'existe pas.

Kassav n'est pas un groupe comme les autres,
c'est une révolution qui a fait briller les Antilles
dans le monde entier.

Miles Davis le premier ne s'y était pas trompé
en vous soutenant à vos débuts en 1979.

Vous étiez un immense musicien charismatique,
créatif, généreux et un homme de valeur.

Les gens qui font ce métier étaient unanimes à
votre sujet.

La peine immense que suscite votre disparition
en est la preuve.

Vous nous quittez prématurément à l'âge de 65 ans et c'est une énorme perte pour la musique mondiale.

Quant au prochain qui m'explique que le Covid ne tue pas, je lui fous ma main dans la frime.

So Long Jacob Devarieux
211155-300721

À bas le « torse poil »
01 Août

Malgré les nombreuses interdictions municipales de se balader torse poil ailleurs que sur les plages, les adeptes de cette tenue raffinée sont de plus en plus nombreux à nous imposer leurs corps suants et puants, aussi appétissants que leurs sales arpions aux ongles vomitifs dépassants de leurs claquettes Adidas.

Il y en a même plusieurs sortes.

Nous avons le vioque buriné par le soleil à la peau marron foncé, ridée comme une vieille patate, le cou orné de 10 kilos de joncaille avec pare-brise bleu Cartier des années 80 sur le nez, short d'où dépassent des cannes de sereins aux genoux cagneux et savates bruyantes assorties.

Nous avons le torse du jeune « wesh » à casquette vissée sur le crâne, au volant d'une puissante voiture allemande décapotable, l'autoradio hurlant un mauvais rap dégoulinant de basses et de paroles hautement poétiques dont on sait qu'il n'a sûrement pas inventé l'eau tiède pour se la payer.

Il y a aussi le père de famille de 45 ans bien bedonnant, short de bain à rayures (là où y'a de la gêne y'a pas de plaisir), accompagné de sa femme aux tatouages fanés de sa jeunesse qui se trimballe en maillot de bain deux pièces alors que son corps se rapproche plus de celui de Maïté que de celui de Rachel Welsh.

Il y a le jeune à la coupe de footballeur, rasé sur les côtés avec 5 cm de cheveux sur le haut du crâne qui a passé son année entre la salle de sport à pousser de la fonte et son tatoueur, fier d'arborer ses muscles aussi saillants que son cerveau est plat.

Il y a aussi le bobo au short à revers framboise écrasée et espadrilles bleu ciel, achetées l'année dernière « au Ferret » avec son galure en paille un peu rebelle qui porte son polo sur l'épaule comme un faux derche au cas où il croiserait un condé.

Quand je pense que je voyage toujours en chemise blanche et que j'impose le tee-shirt à mes enfants depuis qu'ils sont petits pour déjeuner sur la plage !

Si j'étais maire d'une station balnéaire,

j'investirais dans un radar anti torse poil qui leur balancerait des excréments de clébards sur le torse histoire de leur faire passer l'envie de nous imposer leurs sales graisses générées par leur malbouffe.

Le combat contre le « torse poil » devrait être une cause nationale pour le bien de l'humanité et surtout de nos quinquets.

Bon dimanche en tee-shirt ou en chemise blanche sous vos applaudissements.

La singulière histoire de Molly Seidel

07 Août

Aujourd'hui, j'avais envie de relater la singulière et incroyable histoire de Molly Seidel, une jeune athlète américaine de 27 ans.

Molly fait de la course de fond, c'est-à-dire des courses longues où l'endurance, l'abnégation et le dépassement de soi sont les maîtres mots.

À l'inverse de ses compatriotes américains qui brillent depuis des décennies dans les courses rapides, elle a choisi une discipline qui n'est pas très médiatique et largement dominée par les coureuses africaines, notamment kenyanes ces derniers temps.

Elle crée la surprise en 2020 en se classant 2e des coureuses américaines pour les qualifications pour les JO de Tokyo, alors qu'elle n'avait couru qu'un seul marathon auparavant.

Hier, lors d'une incroyable course olympique, Molly s'est classée 3e à la surprise générale, décrochant une médaille de bronze alors qu'elle courait seulement le 3e marathon de sa carrière.

Mais la singularité de Molly ne s'arrête pas là.

J'ai été très ému de l'entendre décrire son incroyable quotidien d'athlète que même le plus dingo des scénaristes de série n'aurait pu imaginer sans se prendre des pierres dans la frime.

Elle se lève à 5 h tous les matins puis va s'entraîner.

À la suite de quoi elle va travailler comme serveuse dans un café, puis elle enchaîne des baby-sittings avant de s'entraîner à nouveau le soir !

Je suis plein d'admiration pour cette jeune fille née à Brooksfield dans le Wisconsin, trou de fion de l'Amérique.

J'espère qu'après cet exploit, elle sera célébrée comme il se doit dans son pays et qu'elle pourra connaître le fameux « rêve américain » dont ils ont le secret.

Bravo Molly Seidel.

Ça change des cagoles écervelées qui pullulent sur Tik Tok et surfent sur le vide sidéral de leur bêtise crasse.

Bon samedi transpirant et essoufflé par l'effort sous vos applaudissements

Jeux olympiques :
Vive la France
07 Août

Merveilleuses équipes de France, de Handball et de Volley-ball.

Elles ont hissé le drapeau tricolore sur le toit du monde.

Deux finales monstrueuses contre d'énormes équipes danoises et russes.

Nous avons de flamboyants gagnants en France, immenses joueurs, guerriers fantastiques qui s'imposent dans la douleur, mais avec panache.

Des collectifs de fous.

J'ai aussi une pensée pour nos basketteurs qui ne sont pas passés loin de l'exploit, mais qui, j'en suis certain, décrocheront l'or à Paris dans trois ans.

Quant à nos basketteuses, elles ont assuré une magnifique médaille de bronze contre des

Serbes retors ce matin, celles-là mêmes qui les avaient battues il y a quatre ans.

Ces JO, c'est la France collective qui gagne.

Si nous pouvions prendre exemple sur nos champions, le pays irait très certainement beaucoup mieux.

Merci pour cette journée tricolore dont nous nous souviendrons longtemps.

Vive nos athlètes.
Vive la France.

« Mais qui ? »
08 Août

Ça se passe en France en août 2021.

Ce nouveau slogan « Mais qui ? » fleurit partout dans les manifs d' » anti-tout ».

Un slogan aussi lourd qu'une Panzer Division en campagne qui hurle des hymnes teutons en se bâfrant de choucroute et d'alcool bon marché.

Au milieu de cette foule bigarrée, une femme arbore fièrement une immonde pancarte où il est inscrit « Mais qui ? », accompagné de noms de Français juifs célèbres.

Elle est jeune, plutôt bien habillée, avec du style même.

Elle est jolie, souriante et je connais nombre de mes amis qui l'auraient dragué dans une soirée « bonjour brushing c'est brushing » comme disait Coluche.

La voilà donc « toute gaie » avec cette pancarte

241

qu'Édouard Drumont lui-même aurait été fier de brandir il y a plus d'un siècle.

Cette femme a sûrement un travail, un mec, une famille, des amis, une vie sociale.

Qu'est ce qui peut bien se passer dans sa frime de fatiguée pour se lever un matin, s'emmerder à faire une pancarte en carton, écrire des noms dessus à l'aide de feutres de plusieurs couleurs et être fière de se faire photographier dans la rue avec cet immonde message ?

Et autour d'elle ?

Si aucun ersatz présent ne lui signifie que cette pancarte couvre de gerbe la cause qu'ils sont censés défendre, c'est qu'ils sont d'accord.

J'ai vraiment la nausée en voyant mon drapeau tricolore souillé par ce message ignoble arboré par ce bol de pu.

Alors je vais te dire une bonne chose « ma gueule ».

Les Français juifs n'ont peur de personne.

Contrairement au XXème siècle, ils ne se laisseront plus jamais faire par des abrutis incultes comme toi.

Ta pancarte souille notre nation aux yeux du monde et ton visage devrait être celui de la Marianne des traînées collaborationnistes rasées qu'on voit dans nos manuels d'histoire.

Je te souhaite de croupir toute ton existence dans ta haine, ton ignorance et ta bêtise crasse, véritables passeports pour une bonne vie de merde.

Je ne te salue pas, tu fouettes la naphtaline vichyste et j'ai l'odorat délicat.

Bon dimanche sous vos applaudissements.

Vive le volley
de Laurent Tillie
10 Août

Hier, j'ai eu une bouffée d'air frais médiatique qui m'a fait un bien fou.

Au milieu de cet océan de merde que nous traversons, rythmé par l'hystérie des uns, la bêtise des autres, le cynisme ou l'arrogance de certains, il est apparu dans mon écran de télévision l'œil goguenard et le propos apaisant : Laurent Tillie.

Laurent Tillie, entraîneur de l'équipe de France de Volley-ball, qui nous a donné tant d'émotions avec cette merveilleuse équipe médaille d'or à Tokyo alors qu'elle n'avait jamais réussi à passer les quarts de finale auparavant.

Il a déclaré l'œil pétillant, comme une coupe de bollinger bien frais, malgré la fatigue « qu'ils ne pensaient pas aux résultats, mais juste à jouer ».

Neuf longues années de travail pour reconstruire une équipe avec de jeunes joueurs dont il dit qu'il a aussi beaucoup appris en tant qu'entraîneur à leur contact.

Sur l'équipe bien sur, mais aussi sur lui-même.

Quel mec formidable !

Humour, humilité, mais aussi amour de ses joueurs, de son sport, de son pays et de son drapeau.

Comme tous les grands entraîneurs, il arrête l'équipe de France sur ce magnifique résultat.

Il ne s'accroche pas à son poste, expliquant que son cycle est terminé et qu'il faut un autre entraîneur avec un discours et des méthodes différentes pour l'intérêt supérieur de l'équipe.

Ah si monsieur Deschamps avait pu avoir le même panache après sa belle victoire de 2018.

Malheureusement Laurent Tillie ne reste pas entraîner une équipe française.

Les Japonais nous le « volent » pour qu'il aille faire le bonheur d'une de leurs équipes.

Je lui souhaite de tout cœur d'être le plus

heureux des hommes et le remercie pour ce bonheur et cette fierté qu'il nous a donnés pendant ces Jo.

Bravo, Laurent Tillie, un mec en or.

Bon mardi sous vos applaudissements.

« Ils sont partout »
11 Août

Résumé de l'histoire.

Il y a quelque jours, j'ai posté la fameuse pancarte « Qui ? », brandie par une « prof d'allemand » fan de Jean-Marie Le Pen (ça ne s'invente pas), tellement « faf » qu'elle a été virée du FN, faut quand même saluer ce magnifique exploit.

Je ne m'attarderai pas sur les hystéros antivax qui m'ont insulté ayant toujours eu un peu de compassion pour ceux qui ont 120 mots de vocabulaire, et dont la connerie emprisonnée dans la noix qui leur sert de cerveau, doit être extrêmement douloureuse.

Les pires ont été ceux qui m'ont gentiment dit « Je ne comprends pas votre post je vous aimais bien pourtant, mais si vous soutenez Macron et son vaccin je suis très déçu, car cette fille a raison je ne vois pas ou est le mal ».

Mais je ne soutiens pas Macron, imbécile, je combats les anti-juifs, ce n'est pourtant pas

249

compliqué à comprendre.

Rallume la lumière du plafond par pitié.

Oui des gens fort sympathiques avec qui j'aurai pu boire un café ne voient pas le mal d'établir des listes de noms en fonction de leurs origines afin de les accuser de tous les maux de la terre.

À peine ai-je fait le ménage qui s'impose, qu'un pote m'envoie un message me disant : « Tu es sur la liste ».

Quelle liste ?

Celle du barbecue d'été de la reine d'Angleterre à Balmoral ? Enfin !

Non celle de « Ils sont partout », un site qui n'a rien d'autre à foutre que de répertorier tous les Français juifs en politique, dans les médias, et dans le monde de la culture.

Je constate que j'y figure dans la catégorie « producteurs » en compagnie de messieurs Azoulay et Berda, et de Paul Lederman, mythique producteur de Coluche et des Inconnus entre autres.

Je tiens à remercier la poussière de pet sortie d'un anus atteint par la dysenterie qui a créé ce site immonde de m'avoir placé en compagnie de ces aristocrates de la production que j'admire.

Mais je vais décevoir tous les fans de la bande à Hitler qui dansent bottés nostalgiquement sur les tubes de Wagner.

Je crois que je vais rester « partout » et que je vais même essayer d'y être plus encore.

Il y a deux ans un célèbre rappeur qui ne l'était pas encore avait refusé de travailler avec moi « parce que tu comprends Wesh tu es feuj moi ça ne me gêne pas, mais mon crew il est propalestinien hein ».

Ce n'est pas cette fine analyse de la géopolitique Moyenne-Orientale non plus qui m'a arrêté.

Pas plus qu'une « liste » digne de la Bar-Mitsva de mon petit dernier va me foutre les jetons « ma gueule ».

Tiens puisque je suis dans un bon jour je vais te donner d'autres idées de listes.

Tu pourrais faire celle des Français juifs homosexuels et francs-maçons ça serait chouette aussi, car ils sont eux aussi « partout ».

Tu pourrais faire celle des Français juifs gauchers pour écrire, mais droitiers pour tout le reste c'est original aussi.

Tu pourrais faire celle des Françaises juives qui ne portent pas de string à Kippour ça passionne les foules.

En résumé mon p'tit « Rivarol », ta liste tu peux te la foutre où je pense, car comme disait Chirac « elle m'en touche une sans faire bouger l'autre ».

Ah et puis n'oublie pas de passer le bonjour à Adolf de ma part ma bonne couille et s'il n'y a personne chez lui ça fera toujours plaisir aux meubles…

Bon mercredi avec la « liste des courses » sous vos applaudissements

Rebaptiser le ministère de l'Éducation nationale

12 Août

Si les mots ont un sens alors il faut rebaptiser le ministère de l'Éducation nationale.

L'une des plaies majeures de notre société est incontestablement le manque d'éducation.

Certains jeunes en sont totalement dépourvus n'ayant pas eu la chance d'avoir des parents aimants et capables de leur inculquer des valeurs.

L'éducation incombe aux parents et uniquement aux parents.

Savoir dire merci, s'il vous plaît, savoir fermer sa grande gueule quand un « ancien » parle, savoir s'habiller de façon appropriée en fonction des endroits où l'on va, savoir remercier, savoir être en empathie avec son prochain.

Toutes ces choses font partie de l'éducation parentale.

En revanche, il est du rôle de l'état d'instruire nos enfants, de leur apprendre l'histoire sans en omettre ses pans les plus sombres, de leur faire découvrir la littérature, la musique, le sport...

J'en profite pour dire ici à Monsieur Blanquer que ce ne sont certainement pas les deux heures d'éducation physique et sportive par semaine qui ont donné les résultats fantastiques de nos bleus aux JO.

Au même titre que ce ne sont pas les deux heures de cet immonde « flutio » ridicule qu'on impose aux élèves depuis des décennies qui donneront les futurs Gainsbourg.

Pas plus que l'étude de Lully et de son « Palatinat » qui était passionnant comme un film hongrois en 3 parties de 7 heures sur la récolte du blé en 1947.

Mais revenons à nos moutons.

L'instruction, disais-je, doit être assurée par l'état.

Pour cette raison, je pense qu'il faudrait débaptiser le ministère de l'Éducation nationale pour lui redonner le nom qu'il a eu entre 1928 et 1932 :

Ministère de l'instruction nationale.

Les parents éduquent, l'état instruit, c'est très bien comme ça.

J'ai parfois de drôles de lubies.

Bon jeudi, instruit sous vos applaudissements.

Elvis Presley
16 Août

Je me souviendrai toujours de ce 16 août 1977.

J'avais 11 ans et mon père a tiré une drôle de frime en entendant la nouvelle à la radio.

C'était un été comme dans le « rockollection » de Laurent Voulzy où « les parents dansent en maillot » dans ces années insouciantes, où le soleil brillait sur les plages, mais aussi dans les têtes, sur les corps, sous les tee-shirts dans les maillots.

Le King est mort.
« Elvis the pelvis » n'est plus.

À 42 ans, le roi du Rock, celui qui avait fait danser la planète entière de son swing et de cette incroyable voix de velours qui avait fait fantasmer les femmes et sûrement beaucoup d'hommes du monde entier avec ce physique magique, celui qui avait ringardisé les crooners l'espace d'une décennie, tirait sa révérence.

Il se disait qu'il ne se nourrissait plus que de

bonbons et que son taux de cholestérol était aussi impressionnant que les ventes de ses albums.

Je me souviens de la peine de mon père qui était fan et qui m'avait passé le virus.

Parfois lorsque mes parents n'étaient pas là, je mettais « The Wonder of You » à fond sur la platine et j'imitais Elvis m'imaginant   star de Rock aux milliers de fans amoureuses, prêtes à « s'arracher ma vertu » comme chantait Balavoine.

Oui je sais, j'ai été obsédé très jeune, mais là n'est pas le sujet.

La disparition d'Elvis est comme une madeleine de Proust pour moi.

Je revois mon père avec sa gourmette en argent, ses moustaches noires, ses rouflaquettes comme celles d'Elvis et sa fameuse DS 21 qui foutait la gerbe, triste de la disparition de son champion.

J'ai encore l'odeur des pommes de pins parasols de Saint - Raphaël où nous passions toutes nos vacances d'été et où nous avons appris la nouvelle.

Mais pour moi Elvis est éternel, car je l'écoute toutes les semaines avec un plaisir non dissimulé.

Elvis et moi, c'est pour la vie.

Non, je n'oublierai décidément jamais ce 16 août.

Vive la galoche
19 Août

Entre les talibans, les complotistes, les incendies du Var et la menace d'une quatrième vague, on ne peut pas dire que cette fin de vacances soit placée sous le signe de la légèreté et de la franche rigolade.

C'est pour cette raison que j'avais envie d'aborder aujourd'hui un sujet futile, mais beaucoup plus important que n'importe quelle déclaration d'Éric Piolle le maire de Grenoble, aussi rance qu'un maroilles qu'on aurait oublié dans le frigo tout le mois d'août, ou de n'importe quel programme de campagne de l'inénarrable Anne Hidalgo :

La galoche.

Du verbe « galocher ».

Galocher est d'ailleurs beaucoup plus raffiné que « rouler une pelle » pour les spécialistes.

La galoche c'est ce baiser qui, donné à une rotation langoureuse et sensuelle, fait chavirer le cœur, durcir le géant et humidifier la salle des fêtes.

J'ai pour ma part une chance extraordinaire, car la comtesse est « languée première classe », douce comme la soie ou comme une peau de dauphin si vous préférez.

(oui, j'ai nagé avec les dauphins donc je connais leur peau alors ne commencez pas à la ramener je suis un expert en peau).

Mais j'ai aussi une malchance, c'est que la comtesse n'est pas une grande fan des galoches.

Ça doit sûrement remonter à ses ancêtres qui refoulaient du goulot sévère, nous l'avons tous appris notamment Louis XIVe du nom qui avait la gueule en putréfaction à tel point que même les mouches à merde canaient autour de lui.

On ne reconnaît du reste pas assez le mérite de Madame de Montespan, de Louise de La Vallière ou encore d'Henriette d'Angleterre d'avoir dû galocher ce roi dont le soleil leur a brûlé le cul et l'haleine piquée leurs yeux.

Moi-même il m'arrive parfois, après un dîner

épicé et très arrosé, d'avoir une haleine de poney.

Dans ces cas-là, la comtesse toujours très bien élevée et surtout soucieuse de ne pas me foutre la honte, ce dont je la remercie ici vivement me dit :

« Hmmm, mais où est la têtete où est le culcul ? ».

Je comprends illico qu'il faut que j'aille galocher ma brosse à dents avant d'avoir l'immense privilège de goûter à l'aristocratique langue de velours de ma bien-aimée.

Je me souviens avoir connu en des temps lointains un très joli mannequin caréné façon Bugatti, mais bête à bouffer du foin qui avait la fâcheuse habitude d'adorer manger des harengs en buvant du lait.

Cet étrange mélange sentait à peu près la même odeur que les chiottes de la Gare du Nord à une heure de grande affluence.

L'attelage de son haleine et de sa conversation aussi passionnante que celle d'un discours de

campagne d'Audrey Pulvar a eu raison de ma patience légendaire.
J'ai du mettre fin à cette relation.

Mais revenons à la galoche.

Les plus anciens savent de quoi je parle.

Tenez, souvenez-vous en 1977 à la sortie d' »Europa » de Santana, époque bénie des slows que nous attendions avec impatience.

Œil charmeur, genoux andalous, nous dansions collés-serrés le cœur battant la chamade et popol cognant à la braguette du jean jusqu'à la magie de la galoche qui sonnait le début d'une belle romance.

La galoche c'est sacré, d'ailleurs même les professionnelles ne s'y trompent pas.
Elles louent tout sauf la galoche qui est chasse gardée.

La galoche est un art bien supérieur au sale « smack » lèvres pointues et inutilement bruyant que se font les couples usés par le temps.

La galoche, c'est un des secrets des couples

qui durent.

Si c'est votre cas, allez galocher immédiatement votre bien-aimé…

Vous verrez la formidable séance de slob en l'air que cela aura déclenché, vous n'aurez plus qu'à bénir et remercier chaleureusement tonton Z.

Je pense sincèrement que si le monde se galochait un peu plus, il irait un peu mieux.

D'ailleurs si j'étais président je finirais tous mes discours par :
« Vive la république vive la France vive la galoche ».

Bon jeudi sous vos applaudissements.

Hommage
Raoul Cauvin
(Les tuniques bleues)
20 Août

Tiens, encore un bout de mon enfance qui disparaît aujourd'hui avec Raoul Cauvin, le mythique créateur et scénariste des « Tuniques bleues ».

Lorsque j'étais petit, la sortie d'un album des aventures du Sergent Cornelius M Chesterfield et du Caporal Blutch était non seulement un événement, mais aussi une récompense.

Il fallait être bien sage et avoir bien travaillé à l'école pour avoir le nouvel album.

Évidemment je le lisais au premier degré et les pitreries de Blutch me faisaient bien marrer.

Ce n'est que bien plus tard en retombant dessus que j'ai compris toute la finesse de leurs aventures dénonçant avec humour toute l'absurdité de la guerre et la folie des hommes.

« Les Tuniques bleues » ont été créées en 1968. 65 albums vendus à plus de 22 millions d'exemplaires.

Et malgré la disparition de Cauvin, « Les Tuniques bleues » continuent leurs aventures avec une nouvelle équipe.

N'est-ce pas la plus belle récompense pour un artiste que son œuvre perdure bien après sa disparition ?

So Long Cauvin.
260838-170821

Quand on veut monter à l'arbre, il faut avoir le cul propre

23 Août

Samedi dernier j'ai posté cette phrase qui m'a beaucoup fait rire, dont l'auteur m'est inconnu, ce qui explique que je n'aie pu le citer pour le remercier.

« C'est beau la mer, mais je préfère ton cul ».

Cette phrase a été partagée sur des murs appartenant à de très jolies femmes qui l'ont prise avec humour.

Mais certains commentaires de leurs « amis masculins » m'ont fait hurler de rire.

Il y a le dragueur « genre je drague pas, mais je te montre que je suis un mec parfait qui pourrait te servir de sex-toy entre 17 et 19, mais pas après parce que je dois rentrer chez bobone » qui commente :

« Pas très classe Zeitoun ».

D'ailleurs quand tu regardes la photo de son profil, tu vois qu'il se prend pour James Bond alors qu'il a la classe de Tex en vacances chez Jacquie et Michel à Palavas les Flots... » tordant » comme dirait la comtesse.

Il y a aussi le « donneur de leçons féministe » :

« S'il éduque ses enfants avec cet humour, faudra pas s'étonner que le machisme perdure ».

Bref, toute une ribambelle de « peine à jouir » qui prennent un air dégagé et un ton péremptoire pour commenter une simple vanne digne de Jean-Pierre Marielle dans les « Galettes de Pont-Aven » comme si c'était une tribune politique !

À ces pousse-mégots, je veux dire ceci :

Réfléchissez un peu à la dernière fois où vous avez offert des fleurs à votre femme.

D'ailleurs, sait-elle que vous faites les jolis cœurs sur les murs d'autres « copines » dont la mièvrerie de vos commentaires et ce besoin de montrer votre meilleur profil (de face vous n'êtes pas « terribles non plus ») trahissent une irrésistible envie de « pécho » la propriétaire du mur ?

J'assume pouvoir être macho le lundi, romantique le mardi, cochon le mercredi, etc. (vivement mercredi donc..).

Je suis certain que parmi ces exacerbés de « la part féminine qu'il y a en moi » se trouvent des bons gros lourdauds qui draguent les serveuses ou les stagiaires au mois d'août pendant que « maman est en vacances avec les petits ».

Alors, les gars, détendez-vous de l'élastique du sale slob kangourou qui abrite vos petits raisins de Corinthe (c'est en Grèce pour votre gouverne).

C'est pas la première ni la dernière vanne que je ferai sur le sujet.

Je finirai par cette phrase que j'aime beaucoup :

« Quand le singe veut monter au cocotier, il faut qu'il ait le cul propre ».

À bon entendeur.

Bon lundi sous vos applaudissements.

Écolo ?
24 Août

Difficile de se faire une idée de ce qu'est l'écologie lorsque les écologistes professionnels te parlent de tout sauf d'écologie.

Toutes les âneries dont je n'ai rien à faire y passent.

Les « racisés », « l'écriture inclusive », « le néo-féminisme » qui ne concerne d'ailleurs pas les femmes Afghanes.

Une fois qu'on a compris ça, on peut faire l'économie salutaire de les écouter en zappant ces enfants du matin finis au pipi de notre quotidien.

OK, mais l'écologie alors ?

Je roule à l'essence et il est hors de question que je branche la prise de ma bagnole-à-100000-qui-conduit-toute-seule.

Les voitures électriques d'Elon Musk me foutent autant le cafard que la perspective d'une soirée en compagnie de « Chucky Greta ».

273

Alors que faire pour apporter à mon petit niveau de citoyen une économie salvatrice de pollution au quotidien ?

C'est la comtesse toujours riche d'idées en tout genre qui nous a trouvé la solution.

Éradiquer les bouteilles d'eau en plastique que nous consommons en masse en ayant recours à la carafe « Brita » qui a l'avantage de filtrer l'eau du robinet.

Le problème de cette carafe », c'est qu'elle est tellement immonde qu'elle enlaidirait à elle seule la table de Noël de la reine d'Angleterre à Windsor.

Mais comme la comtesse a un goût sûr, elle a acheté de très jolies bouteilles en verre que nous remplissons avec joie, heureux que nous sommes d'avoir divisé notre consommation de plastique par trois, ce qui n'est pas rien.

Voilà c'était la séquence « on s'en fout », qui je l'espère, vous a fait perdre quelques minutes pour rien.

Bon mardi sous vos applaudissements.

Charlie qui ?
25 Août

Ce matin parmi les concerts de louanges faits à Charlie Watts j'ai entendu un chroniqueur dire à la radio qu'il ne connaissait pas les Stones avec le sourire :
oui un type casqué pour jacter sur RMC, dit en toute détente qu'il ne connaît pas les Rolling Stones, « parce qu'il n'écoute que de la chanson française ».

Et le mec est très fier de son effet.

Et personne ne l'insulte sur le plateau.

Mais il crèche où ce marsouin ?

Moi quand je ne connais pas un artiste ou un bouquin j'ai honte.

Je mate discretos sur mon portable histoire de ne pas passer pour un gland.

Aujourd'hui un malfaisant ne connaît pas les Rolling Stones et il en est fier.

Et cet ignare donne son avis sur l'Afghanistan, le Covid, la présidentielle et mon cul sur la commode.

« Liliane avant de faire les valises, remets-moi "Skicky Finger" que j'me calme ».

Bon mercredi sauf à cet empaffé d'inculte sous vos applaudissements.

Sandrine Rousseau
25 Août

Voici donc une semaine que les médias ont dégoté une nouvelle Bécassine qu'ils nous servent à toutes les sauces sous prétexte qu'elle se présente aux primaires des EELV.

Cette joyeuse hébétée explique face caméra qu'il vaut mieux « surveiller les terroristes talibans en France que de les laisser en Afghanistan ».

Non, mais franchement une déclaration pareille devrait la conduire directement à l'asile le plus proche pour un très long séjour d'au moins 30 ans.

La connerie peut être voluptueuse à bien des égards, mais lorsqu'elle devient dangereuse, il faut l'éradiquer, la disperser, la ventiler.

Il y a vraiment des capotes qui se perdent.

#LesMursDesAsilesSontDansLeMauvaisSens

Je suis déniaisé
27 Août

Hier, je me suis fait « déniaiser » comme disait Brel.

Et par un homme en plus.
Et en public encore.
Et devant témoins.

Au début j'ai eu beaucoup le trac, mais j'y ai très vite trouvé du plaisir -petite-cochonne-que-je-suis.

Oui hier j'ai enregistré ma première chronique sur RTL dans le nouveau talk-show de Bruno Guillon, « Le bon dimanche show ».

Bruno m'a fait l'honneur de me demander de participer à son émission de façon régulière, ce que j'ai accepté avec plaisir, humilité et angoisse.

Par chance, le premier invité était Kad Merad, que je connais depuis très longtemps qui a été excellent et très bienveillant avec moi.

Il y a aussi Sebastien Thoen, un talent comme je les aime, avec une plume acérée et des vannes bien senties, mais qui ne connaît rien au foot puisqu'il supporte l'OM, le pauvre !

Quant à Bruno Guillon, il écrit vraiment bien avec son équipe d'auteurs et il tient un excellent talk-show très drôle qui met l'invité en valeur, où on apprend plein de choses et où on se marre.

Bon, comme Thoen, il ne connaît rien au foot non plus puisqu'il supporte lui aussi l'OM, le pauvre !

Bref, hier je me suis fait déniaiser par Bruno Guillon en public devant Kad Merad, Sebastien Thoen et Gauthier Hourcade, le directeur des programmes de la plus grosse radio de France.

Et j'ai aimé ça.

Alors rendez-vous dimanche à 14 h sur RTL dans le « Bon dimanche show » produit et présenté par Bruno Guillon.

Bon vendredi sous vos applaudissements.

Les sous-doués
28 août

Hier soir, j'ai montré les « Sous-doués » et les
« Sous-doués en vacances » à mon fils de 13 ans.

Ça l'a fait marrer autant que moi à l'époque de
la sortie de ces films, où j'avais
son âge.

C'est rigolo de réaliser que ces films que nous
considérions comme des navets sont devenus
cultes aujourd'hui.

Il y avait une légèreté rafraîchissante qu'on ne
retrouve plus dans le cinéma d'aujourd'hui ou
trop de gens se prennent au sérieux.

Avant on était sérieux dans la déconne.

Aujourd'hui on déconne sérieusement.

Et puis c'est dingue de réaliser que la carrière
de Daniel Auteuil a démarré sur ce genre très
populaire où il excellait.

Sans oublier « T'empêches tout le monde de

dormir » ou encore « Les héros n'ont pas froid aux oreilles ».

J'avoue même le préférer dans ces rôles que dans beaucoup de films pour neurasthéniques qu'il a tournés ensuite.

Et puis on aperçoit Sandrine Bonnaire dans les « Sous-doués » en vacances ».

J'avais oublié qu'elle avait débuté dans ce film ! Quant à Guy Marchand, Maria Pacôme, Hubert Deschamps, ils sont exceptionnels dans les deux films.

Voilà c'était la séquence « c'était mieux avant » du samedi matin.

Alors bon samedi sous vos applaudissements.

Une source intarissable
de poilade
01 Septembre

Je sens que je vais bien me marrer avec cette campagne présidentielle.

Surtout avec EELV qui est une source de poilade intarissable.

Tiens, prenez Sandrine Rousseau et Alice Coffin, elles sont franchement aussi drôles que Dean Martin et Jerry Lewis ou que Mcfly et Carlito.

Le plus fendard étant d'imaginer ce pauvre Yannick Jadot qui s'est démené pour obtenir d'excellents résultats aux dernières élections régionales, mais qui peut se faire battre par ces glandues ou par l'inénarrable Eric Piolle, maire de Grenoble.

L'avantage avec EELV c'est qu'à chaque élection, ils nous dégotent des couillons venus d'ailleurs.

Là-dessus, ils sont imbattables.

En fait, les EELV c'est une école de politique gratuite de tout ce qu'il faut faire pour perdre les élections.

Ces gens sont prodigieux d'ânerie.

Avec Rousseau et Coffin, la parité est atteinte, puisqu'elles sont largement aussi fantasques que Poutou ou Asselineau.

J'ai hâte d'assister à la primaire EELV.
On va se bidonner à en avoir mal au ventre.

Merci les filles ? Les mecs ? Enfin merci m'sieur dames.

#LesMursDesAsilesSontDansLeMauvaisSens
#QuiVousDitQueJeSuisUnHomme

Rentrée scolaire Samuel Paty
03 Septembre

Monsieur Paty,
Monsieur le Professeur,

Hier à l'occasion de la rentrée scolaire, mes premières pensées sont allées vers vous.

En tant que français, j'aurais adoré voir votre portrait en 4 par 3 sur toutes les écoles, tous les lycées et tous les endroits d'apprentissage de France comme un signe de respect envers vous, votre famille, vos élèves et vos amis.

Mais aussi comme un immense acte de résistance aux yeux du monde, un acte de courage face à aux ennemis de notre façon de vivre, de notre façon d'apprendre et de notre vision de la laïcité.

Symboliquement votre visage partout en France aurait eu une portée mondiale qui aurait sonné, au moment où les petites filles ne peuvent plus aller à l'école en Afghanistan, comme un magnifique acte de résistance à l'obscurantisme, à la bêtise et à la barbarie.

Au lieu de ça, notre président a préféré avoir une pensée pour votre famille, dans une vidéo indécente qui m'a fait honte, après un clin d'œil à Mcfly et Carlito, deux « youtubers » censés assurer sa popularité auprès des jeunes.

Mais je suis certain que beaucoup de jeunes, beaucoup de parents, de grands-parents, bref beaucoup de Français ont comme moi pensé à vous et honoré avec dignité votre mémoire, hier, lors de cette rentrée scolaire.

Oui, hier, votre visage n'a pas quitté ma mémoire.

J'espère de tout cœur que votre âme a pu s'élever le plus haut possible et qu'elle protégera nos enfants de la folie et de la bêtise des hommes.

Shana Tova
06 Septembre

C'est aujourd'hui la fête de Roch Hachana qui marque le Nouvel An pour les juifs du monde entier.

C'est aussi le départ d'une période d'introspection de dix jours qui se clôturera par la fête de Kippour considérée comme la plus importante de l'année.

N'étant pas religieux, je n'aurais pas assez de dix jours pour me faire pardonner ne serait-ce que les kilos de jambons ingurgités, mais j'aime cette période d'introspection.

J'aime penser au mal que j'ai fait aux gens, à ceux que j'ai pu froisser, à ceux que je déteste ou qui me détestent, à ceux qui m'ont fait du mal.
Afin de faire le bilan et me demander si tout cela en vaut bien la peine et si je peux pardonner ou me faire pardonner.

J'aime penser à ma femme, à mes enfants, à ma famille, à mes amis et me demander si j'ai été à la hauteur de leur amour et de leur confiance.

J'aime aussi penser à ma citoyenneté, à mes combats, à mes obsessions, et me demander si ce sont les bons.

J'aime penser à ma part d'ombre et me demander si elle est vivable et si je peux continuer à la supporter.

Alors même si aux yeux des lois religieuses je suis un « mauvais demi juif agnostique », je chéris cette période d'introspection personnelle qui est pour moi une sorte de purification de mon âme, histoire de m'améliorer, mais aussi de pouvoir refaire des conneries, car après tout je ne suis qu'un homme.

Cette période de dix jours entre le divin et la psychanalyse, entre le spirituel et le cartésien, est passionnante pour moi.
De ce fait, je souhaite à tous juifs non juifs, amis, ennemis et même à Mélenchon, un immense Shana Tova.

Bon lundi sous vos applaudissements.

Hommage
Jean Paul Belmondo
06 Septembre

La nouvelle vient d'apparaître sur l'écran de mon téléphone comme une épée qui m'a transpercé le cœur.

« L'acteur Jean-Paul Belmondo est mort ».

Même si je m'y attendais, je n'ai pas pu contenir mes larmes comme si j'avais perdu mon meilleur pote, celui pour qui rien n'est impossible.

Oui impossible n'est pas français avec Belmondo : dès le début de votre carrière vous devenez l'acteur fétiche de la nouvelle vague en tournant avec Godard puis deux ans après, vous tournez avec Gabin et Audiard alors que tout ce beau monde se détestait comme pour leur dire : « He ho les gars c'est que du cinéma, on ne va pas se fâcher pour ça » !

À vos débuts au conservatoire qui vous a d'ailleurs recalé, Pierre Dux, votre prof, vous a dit : « Belmondo, avec cette tête-là, vous ne pourrez jamais prendre une actrice dans vos bras, ça fera rigoler tout le monde ».

Quelques années plus tard, vous le croiserez avec Ursula Andrés à votre bras et lui direz : « Désolé, je n'ai pas pu faire mieux » !

Avec vous, c'est l'esprit français qui s'en va : ce mélange de classe italienne, d'humour anglais, et de puissance physique américaine qui ont fait de vous un acteur unique au monde.

Aussi à l'aise dans des rôles de prêtres, de flics ou d'avocat alcoolique, aussi à l'aise en caleçon à pois qu'en smoking, en vieux barbu qu'en jeune premier.

Et puis, il y a « Bebel » qui comme nous, aime les jolies filles, le football, la boxe, le tennis, les copains, les belles bagnoles, faire le con, bref qui aime la vie.

Enfin, il y a votre pudeur, votre discrétion, car si nous connaissons l'acteur par cœur, nous ne savions pas grand-chose de l'homme.

Vous étiez très secret et pas du genre à dire pour qui vous votiez ou à quelle heure vous vous laviez les ratiches.

C'est le cœur lourd que je vous remercie infiniment pour l'ensemble de votre œuvre qui fait partie de ma vie et qui contribue à ma fierté d'être français.

Dans « Un singe en hiver », vous dites : « Une paella sans coquillages, c'est comme un gigot sans ail, un escroc sans rosette : quelque chose qui déplaît à Dieu. »

Et bien je suis sûr que vous allez lui plaire au bon Dieu et qu'il va vous aimer comme nous vous aimons : passionnément.

J'adresse à votre famille et à vos proches une pensée profonde et respectueuse.

So Long Jean-Paul Belmondo
090433-060921

Anniversaire de mariage
09 Septembre

Ma mie.

Il y a 4 ans, vous avez accepté que le vilain gueux tout pouilleux que je suis devienne votre mari.

De fait, nous avons pu nous galocher devant nos couleurs et Marianne, dans la mairie de la Ville de Biarritz, notre ville de cœur en présence de nos familles et de nos potes.

Merci pour ces quatre années de bonheur qui m'ont paru durer quatre minutes.

Merci pour toutes ces parties de cache-cache où vous savez que je me trouve dans la cabane à bois au fond du jardin, mais où vous venez quand même.

Merci de me faire marrer et aussi pour tous les verbes en er.

Alors comme aux États-Unis pour la fonction suprême, je vous demande quatre ans de plus en me prosternant humblement à vos pieds aristocratiques et vernis.

Si c'est oui, vous me trouverez caché dans le garage.

Entre la clef de 12 et celle de 21, ne vous trompez pas ma mie.

Happy wedding Day ma comtesse

#4Moreyears
#LaBelleEtLaBete
#MaComtesse4MoreYears

Ni oubli ni pardon
11 septembre

Aujourd'hui beaucoup vont commémorer les 20 ans du 11 septembre dans une communication bien larmoyante.

Oui tout le monde se souvient de ce qu'il faisait il y a 20 ans lorsque nos ennemis nous ont déclaré la guerre en frappant au cœur de notre civilisation le symbole de ce que nous pensions être notre puissance.

20 après, nos ennemis sont tellement puissants qu'ils ont repris Kaboul fièrement en envoyant au monde l'image d'une armée américaine ridicule dirigée par un lâche se repliant en abandonnant nos principes ainsi que nos alliés afghans qui seront très vite massacrés.

Quant aux politiciens français, 20 ans qu'ils font dans leurs frocs avec de grands discours sur « l'état de droit » qui est devenu tellement complexe que c'est maintenant « l'état des spécialistes du droit » dont le peuple ne comprend même plus les décisions de justice.

Cette justice qui permet à nos ennemis d'assassiner nos grands-mères en échappant à un châtiment.

Cette justice qui permet à nos ennemis de menacer Mila sans problème.

Cette justice qui permet à un étranger ennemi en situation irrégulière de tuer des dizaines d'innocents à Nice sur la promenade des Anglais.

Ah ils doivent bien se marrer à Kaboul, à Téhéran et partout où ils sont dans le monde devant notre lâcheté.

Notre ministre des affaires étrangères a même cru à un gouvernement afghan « inclusif ».
Non, mais je rêve.

Nos ennemis se foutent de nos lois et de nos bons sentiments.

Ils sont déterminés à nous égorger et à imposer leur sinistre doctrine préférant la mort à la vie.

Ils sont en train de profiter de notre léthargie, de notre obsession de la consommation, de notre perte de quête de sens si ce n'est celle de d'acheter, de posséder.

Moi, « l'état de droit » qui permet aux voyous, aux dealers, à des de mômes de 15 ans de foutre la merde et de s'en sortir avec un rappel à la loi, cet état de droit qui castre notre police, je n'en ai rien à foutre.

Je veux un « état du devoir » impitoyable qui me protège à l'extérieur, mais aussi à l'intérieur de mon pays.

Assez de vous n'aurez pas ma haine .
Assez de pleurniche.
Assez de lâcheté.

Mes pensées vont à toutes les victimes sacrifiées sur l'autel de la mollesse et de l'aveuglement de nos dirigeants.

Les 20 ans du 11 septembre me donnent envie de gerber tous les gâteaux d'anniversaire que j'ai pu manger depuis 2001.

Bon samedi sous vos applaudissements.
#VousAvezMaHaine

Candidature à la présidentielle d'Anne Hidalgo

13 Septembre

Dans une interview au Figaro du 23 juin 2020, Anne Hidalgo, en pleine campagne pour sa réélection à la mairie de Paris, déclarait excédée « je ne cesserai de le répéter, Paris me comble, je ne serai pas candidate à l'élection présidentielle. »

S'offusquer des mensonges des politiques équivaut à découvrir que l'eau, ça mouille et que le feu, ça brûle.

Hidalgo symbolise cette gauche en faillite flirtant avec cette immonde culture « Woke » capable de retirer les kiosques à journaux créés en 1857 par Gabriel Davioud qui ont contribué au charme de Paris dans le monde entier pour les remplacer par d'immondes rectangles modernes sans âme.

Cette culture « Woke » qui se permet de détruire la glycine centenaire de la butte Montmartre pour la remplacer par du béton ou

299

encore nos mythiques colonnes Morris.

Les Parisiens vivent en direct la destruction méthodique de Paris par un sinistre cortège de cataplasmes dirigé par l'incompétant heureux David Belliard et sa bande.

Ce sont eux d'ailleurs qui dirigeront Paris si en cas de malheur Hidalgo gagnait.

Elle est d'ailleurs tellement fière de son bilan qu'elle annonce sa candidature à Rouen où elle n'a aucune attache particulière.

Au vu des embouteillages parisiens il, devait être plus rapide pour elle, d'aller à Rouen que de traverser Paris.

Je ne vois pas comment, avec un bilan pareil, elle peut imaginer gagner la présidentielle.

Ou plutôt si : en donnant le droit de vote aux rats.

Rien qu'avec ceux qui vivent grassement à Paris, elle passerait au premier tour.
Ne riez pas, elle en est capable.

Bon lundi sous vos applaudissements.

Un dingo hilarant
20 Septembre

Je tiens à remercier Nathalie Bianco de m'avoir fait découvrir un dingo hilarant répondant au nom de Thierry Messias.

Ce professeur de maths « néo-féministe » se définit comme « mâle blanc cisgenre hétérosexuel ».

Je me vois bien dire à quelqu'un qu'on me présente « bonjour je suis Zeitoun mâle blanc de plus de 50 ans, circoncis cisgenre hétérosexuel, porté sur la levrette et la brouette tonkinoise… mon chiffre préféré étant le 69 : enchanté m'sieur dames ».

Notre ami est tout fier de nous dire qu'il est cocu et il explique ça par le fait que le corps de sa femme ne lui appartient pas.

Si un jour la comtesse me fait cocu, je ne me dirais certainement pas « son corps ne m'appartient pas » puisque c'est vrai, mais plutôt « j'ai dû merder quelque part pour qu'elle ait envie de jouer au « docteur popol » avec un autre que moi.

Sauf si c'est Javier Bardem, car la comtesse adore sa gueule cassée et que je ne peux rien faire contre un fantasme de cinéma si ce n'est essayer de séduire sa femme à pour me venger… oui je suis jalmince et j'assume.

Mais revenons-en à notre héros du jour qui met du vernis sur ses ongles et anime un podcast qui cartonne où il est question pour les hommes de se flageller en permanence pour s'excuser que les garçons jouent aux petites voitures et les filles aux poupées.

Mais qu'est-ce qu'ils clapent ces gens-là ?

J'ai découvert qu'il y avait toute une économie autour de ce business du « néo-féminisme » qui raconte n'importe quoi à travers des mots incompréhensibles, sorte de bouillie de notre langue bourrée de .ie et autres conneries que ne renierait pas Caroline De Haas.

Tiens, si par hasard il s'emmerde, je lui donne un nouveau combat :
le mot parking est un scandale, car ces glands veulent tout féminiser, il faudrait

l'appeler Parqueen.

Bon j'y vais, car je vais quand même demander à la comtesse si elle est bien sûre pour Bardem...

Bon lundi sous vos applaudissements.

Anniversaire
« Song in the key of life «
Stevie Wonder
28 septembre

Aujourd'hui nous fêtons les 45 ans de mon album préféré.

Le numéro 1 de ma discothèque.

Un album complètement dingue aux multifacettes musicales Pop Rhythm & blues Soul Jazz-rock.

De la même façon pour les thématiques, l'amour, la discrimination, etc.

2 ans d'enregistrement !

41 musiciens, dont George Benson, Herbie Hancock, Mickaël Sambello…

98 chanteurs et chanteuses.

1.5 Millions de dollars de dépenses en deux ans entre 1974 et 1976.

Un double album où tout est bon comme dans le cochon.

Pas un titre à jeter, pas une concession à la médiocrité ou à la facilité.

Cet album est une œuvre à lui tout seul et contribue à la grandeur de la
musique mondiale.

Happy 45 « Songs in the key of life ».
Tu n'as pas pris une ride.

Bon mardi sous vos applaudissements.

C'est qui James Dean ?
29 Septembre

Résumé de l'histoire.
J'ai un super coiffeur à Paname que j'adore.

Malheureusement il est dans un quartier ingarable et comme je ne supporte plus Paris, j'ai dû me résoudre à aller chez un coiffeur dans la « grande ville » à 25 minutes de chez moi.

Oui j'avais à peu près la frime de Tom Hanks à la fin de « Seul au monde » au moment où il a un nid de pigeon dans les tifs.

D'autant plus qu'étant faible devant la bonne chaire, et le pinard, j'ai pris tellement de kilos qu'on dirait le frère de Carlos de face et Guy Carlier de profil.

Alors avec les cheveux longs c'est carrément les « frères Nakach », leurs cousins et tata Fortuné, une Bar Mitsva à moi tout seul.

La comtesse me trouve donc un « Barber Shop », nouveau concept que je ne connaissais pas.

Une belle boutique avec une vieille « Motobécane » des années 40 en vitrine, de beaux fauteuils en cuir des années 50 et des coiffeurs très bien coiffés, le cheveu bien brillant et des longues barbes à la « ZZ top » ornées de moustaches à la « Frères Jacques » habillés de jeans bruts, chaîne qui part de la poche arrière à la poche avant, gros godillots pour faire de la moto et petit gilet sans manches, noir.

Bref le genre de trentenaire qui vient de Pau, mais qui pense qu'il est de Greenwich village.

Je me dis quand même que ces énormes barbes qui descendent jusqu'au milieu du torse doivent être compliquées à entretenir, d'ailleurs l'un d'entre eux, a oublié un peu d'omelette de la veille... ou alors il a prévu de la finir au déjeuner.

J'ai hâte de voir des oisillons s'échapper de cette œuvre d'art.

L'un d'eux s'occupe de moi et me demande d'un ton condescendant ce que je veux comme coupe.

Au mur trône une belle couverture de « Polka »
avec James Dean.

– Je voudrais la même coupe que James Dean.

Le coiffeur cherche parmi toutes les affiches et
me dit :

– Qui ?

– James Dean, vous ne connaissez pas ?

– Non

– C'est le type là sur la couv de Polka qui est sur
votre mur.

– Ah oui le blond là ? Connais pas.

– Bon vous connaissez Nabila ?

– Oui

– Et bien c'est son nouveau mec.

– Ah d'accord ! Mais moi, vous savez, les
commérages, j'en ai rien à foutre, me dit-il tout
fier de son effet.

Quelle chance j'ai, je suis tombé sur le seul coiffeur au monde qui ne cancane pas !

Il m'a ensuite coupé les douilles (pas mal d'ailleurs) dans un silence de mort.

J'ai casqué et suis parti sentant son œil goguenard dans mon dos et l'imaginant dire à ses potes « quel vieux con ce mec... qu'est qu'on en a à foutre de Nabila et de son James machin là ».

Et je me suis remémoré cette phrase de Courteline que j'adore :

« Passer pour un idiot aux yeux d'un imbécile est une volupté de fin gourmet ».

Bon mercredi sous vos applaudissements.

Hommage
Bernard Tapie
03 Octobre

La tempête a soufflé toute la nuit, ce matin il
pleut des cordes, et le ciel est sombre au-dessus
de ma maison.

Un temps à apprendre une nouvelle qu'on n'a
pas envie d'entendre.

Bernard Tapie est mort.

Je savais que son combat était déséquilibré,
mais j'espérais un miracle comme il en a tant
fait dans sa vie.

Tapie, pour un type comme moi, était celui qui
montrait que tout était possible même si tu ne
sortais pas « du sérail » des grandes écoles,
même si ta famille ne faisait pas partie des
« grandes familles », comme dans le film de

Denys de la Patellière.

Issu du peuple, Tapie a fait briller la France du

311

football, du cyclisme, des affaires, de la
télévision, du théâtre et du cinéma.
Et puis il y a eu la politique.

Lorsqu'il y est entré, il avait un ton nouveau,
une vision.

Je me souviens de ce fameux débat contre Le
Pen sorti « ko » par un Tapie qui l'avait dominé
intellectuellement, politiquement, voire
physiquement.

C'était jouissif.

Mais ce monde impitoyable de la politique a
décidé de se payer Tapie.

Trop riche, trop voyant, trop novateur, trop
brillant.

Et puis récemment, il y a eu ce combat contre la
maladie.

On a découvert un Tapie touchant qui avait
perdu son arme principale : sa voix.

Comme Danton à son procès.

Malgré ce handicap majeur, il m'a touché à

chacune de ses interventions télévisuelles et m'a donné une leçon d'homme qui doit se battre, quelles que soient ses chances de gagner.

J'espère que de là-haut, il nous protégera avec sa force légendaire, des vents mauvais qui s'abattent sur nous.

Je présente mes plus sincères condoléances à sa femme Dominique, à Sophie, à Stéphane, à Laurent, ainsi qu'à toute sa famille.

So Long Bernard Tapie
260143-031021

Panne générale d'internet
05 Octobre

Il y a donc eu une panne générale des réseaux sociaux hier soir pendant 7 heures.

Il paraît que des choses incroyables se sont passées dans ce laps de temps.

Comme des livres qui ont été ouverts alors qu'ils trônaient dans la bibliothèque sous la poussière depuis des lustres.

Il paraît que des couples se sont regardés et se sont dit « tiens il est pas mal celui-là, tiens elle est canon celle-là » et que quelques « fêtes du slob » se sont improvisées alors que nous n'étions que lundi… à cinq jours du « p'tit coup furtif toujours dans la même position du samedi soir ».

Il paraît que des adolescents ont découvert que leurs parents étaient très sympas.

Pendant 7 heures les cons se sont tus, les égos des gogos et la haine des mongolos ont disparu des radars.

Pour ma part, j'ai regardé « La planète des singes l'origine » que je n'avais pas vu.

Il y est question d'un virus créé par l'homme pour combattre la maladie d'Alzheimer, qui s'échappe d'un labo et détruit les trois quarts de l'humanité.

Ça m'a fait penser à un truc, mais impossible de me souvenir quoi !

Bon les réseaux sociaux sont repartis de plus belle et je ne m'en plains pas.

La connerie est une intarissable source d'inspiration et de poilade pour moi.

Quand je pense que cette petite panne a coûté 7 milliards.

Je me dis quand même que nous subissons un drôle de monde.

Bon mardi bien ripok sous vos applaudissements.

Hommage
Etienne Mougeotte
08 Octobre

Cher Etienne,

Tu as modernisé la présentation du JT de
20 heures dans les années 70 avec un ton
nouveau, et ton physique d'américain.

J'étais jeune, mais lorsque je te regardais je
m'intéressais aux news.

Tu aurais pu te contenter de continuer à faire
de l'antenne et du journalisme, mais ta
curiosité, ton sens du populaire, ta connaissance
des Français t'ont amené bien plus loin.

Au début des années 80, tu es alors dans
l'équipe Lagardère pour la privatisation de TF1.

C'est Bouygues qui l'emporte, mais ces grands
bâtisseurs qui ne connaissent pas grand-chose à
la télévision ont été bluffés par le sérieux du
dossier Lagardère que tu as mené.

Alors logiquement et comme tous les stratèges, ils délèguent, et forment le tandem Le Lay / Mougeotte et vous ferez de TF1 la plus grande chaîne d'Europe.

Patrick Le Lay était un véritable industriel au sang-froid, impitoyable et brillant, mais nous avions rarement affaire à lui pour l'antenne.

Le Big Boss de l'antenne, c'était toi.

Très vite, vous êtes attaqués par Berlusconi et « la 5 » qui vous piquent tous les grands animateurs de l'époque à coups de milliards.

C'était sans compter ta vision et ta connaissance des goûts des Français et ton nez unique, pour découvrir les talents derrière et devant l'écran.

Tu as très vite repéré Dominique Cantien pour les variétés et les divertissements.

Elle se révélera comme la plus grande découvreuse d'animateurs et de concepts de la télévision moderne.

Tu as aussi à l'époque lancé Jean-Pierre Foucaud en prime time produit par un jeune producteur, Gérard Louvin qui nous a tant aidés pour nos artistes pendant 20 ans.

Quand je déjeunais avec toi, j'étais ébahi par ton éclectisme.
Tes avis étaient passionnants sur tous les sujets.

Tu connaissais par cœur aussi bien la politique française et internationale que le sport, la télé-réalité ainsi que les programmes étrangers.

On ressortait plus intelligent et plus curieux d'un déjeuner ou d'un dîner avec toi.

Avec ta disparition c'est une certaine conception de la télé populaire incarnée qui s'en va.

Enfin, j'ai le souvenir de vos engueulades mémorables avec Patrick Le Lay qui faisaient trembler les murs du 9e étage de la tour TF1 c'était épique !

Tu ne faisais pas de la télévision.

Tu étais la télévision.

C'est avec un gros pincement au cœur que je

salue respectueusement aujourd'hui ta mémoire
et que je présente mes condoléances à ta famille
et à tes proches.

So Long Etienne Mougeotte
010340-071021

Jamais de crème sur les cèpes
10 Octobre

Mon plus grand plaisir de l'automne est arrivé.

C'est toujours le cœur battant que je les vois sur les étals des marchés début octobre.

Alors je suis comme un enfant qui découvre ses cadeaux à son anniversaire.

Magnifiques cèpes, magie de la terre, bonheur ultime.

Mais attention, il faut les respecter pour tirer le maximum de parfum.

Ne jamais les rincer, mais les brosser.

Vous sentirez cette magnifique terre à leurs pieds.

Une terre noire, généreuse, qui part facilement en la grattant délicatement avec la lame d'un petit couteau.

Puis il faut les essuyer avec un sopalin

légèrement humide.

Surtout pas les rincer à l'eau.

Toujours les couper dans le sens de la longueur pour avoir un maximum de saveurs.

À midi, je vais faire des pâtes aux cèpes.

Je vais ouvrir un « Grange des pères » rouge de 2012 pour les accompagner.

Par pitié, si vous faites des pâtes aux cèpes, ne mettez pas de crème fraîche.

C'est un crime de lèse-majesté et une faute de goût impardonnable.

La crème avec les cèpes ça me rend fou... les produits nobles se suffisent à eux-mêmes, si on sait les cuisiner et les respecter.

Vivement le déjeuner.

Bon dimanche sous vos applaudissements.

« La vieille Anglaise suce »
17 Octobre

Maintenant que j'habite à la campagne, je comprends mieux les problèmes de hausse des carburants et d'énergies.

Mon plein est passé de 50 à 80 balles en trois mois.

Au début, j'ai cru que c'était ma vieille Anglaise qui avait des fuites.

Que nenni m'a dit mon garagiste.
Elle tourne comme une horloge « Louis the sixteen ».

Le Président a intérêt à vite trouver une solution parce que le matin quand je vais prendre mon café au comptoir, j'entends les gens du coin faire le museau rapport au coût de la vie.

Je vois les candidats à l'élection ne parler que de Monsieur Zemmour, mais ils devraient quand même s'occuper de ces problèmes.

Sinon les fourches risquent de piquer des culs !

Bon dimanche sous vos applaudissements.

Le journal « Le Monde » s'acharne sur un père

19 Octobre

Stéphanie Marteau, la bien nommée, journaliste au « Monde », dresse le portrait de Pascal Jardin, père de Nathalie, victime de la boucherie du Bataclan.

Son article était au départ titré « La colère d'un père haineux ».

Oui Pascal Jardin n'est pas un adepte du « vous n'aurez pas ma haine »
Bien au contraire il a la haine contre ceux qui ont assassiné sa fille au Bataclan.

Il a la haine contre l'Islam politique radical qui ne vaut pas mieux que la bande à Hitler.

Il a surtout le droit de réagir comme il veut et comme il peut face à l'horreur de perdre un enfant qui est certainement la pire chose qui puisse arriver à des parents.

Mais « le Monde » toujours prompt à donner des

leçons d'humanisme à la terre entière ne l'entend pas de cette façon et se permet d'accuser ce père d'être d'extrême droite.

C'est d'ailleurs le deuxième article que   le journal consacre à ce père.
Comme une obsession malsaine pour cet homme qui ne réagit pas comme
les autres.

Que sait-elle, madame Marteau de cette douleur ?
Qui est-elle pour juger de la réaction des victimes ?

Et quand bien même monsieur Jardin serait d'extrême droite, ne mérite-t-il pas le respect dû à toutes les victimes collatérales de ce drame, de cette plaie qui ne se refermera jamais ?

Je ne sais pas comment j'aurais réagi à la place de monsieur Jardin et je suis heureux de l'ignorer.

Mais ce genre d'article montre à quel point « Le Monde » a gardé les réflexes islamogauchistes de son ancien et sinistre directeur Edwy Plenel.

Tout mon soutien à toutes les familles de victimes de cette horreur, quelles que soient leurs réactions et leurs opinions sur cette affaire.

Bon mardi sous vos applaudissements.

Scène ordinaire de la circulation parisienne
23 Octobre

Résumé de l'histoire.

L'autre jour, j'avais un déjeuner après l'enregistrement de ma chronique sur RTL. (j'aime bien écrire ça, je trouve que ça pine sévère de jacter sur la première radio de France), mais « soyons désinvoltes n'ayons l'air de rien » comme disait l'assassin geignard bordelais.

Je suis à Neuilly et je dois me rendre dans le 8e arrondissement, c'est-à-dire à 4,5 kms.

Le Waze m'annonce royalement 47 minutes.

Je me dis qu'il fait beau, que je suis en avance, et qu'après tout c'est le temps d'un bon album de Charlie Parker.

Au moment où je sors du parking situé dans une impasse, une camionnette de livraison est stationnée, warning clignotant, conducteur absent, bloquant ma sortie.

Je prends l'air dégagé, obligatoire quand on caresse le volant d'une vieille Anglaise et aussi mon mal en patience.

Le chauffeur revient à la fin de « Misty » qui dure 2,40, un classique pour ceusses qui ne connaissent pas : allez l'écouter, c'est le meilleur truc que vous ferez dans la journée, sans un salut, ni même un regard dans ma direction.

Vu sa dégaine, lui doit plutôt écouter Naps.
Si vous voulez saigner des tympans, mettez en 30 secondes, c'est pire que la pire des otites qui vous a arraché les esgourdes lorsque vous aviez 10 ans.

Donc mon « wesh-cousin-frérot-que-je-ne-connais-pas » remonte dans son tas de boue et se barre.

Je me demande ce qui est plus mélodieux entre son moteur diesel fatigué et son rap.

Au moment où je vais sortir de l'impasse, pour prendre à droite un convoi arrive à grand renfort de sirènes hurlantes, de lumières aveuglantes, et de motards désagréables faisant le même geste méprisant du poignet que Fabius à Chirac (les plus cultivés s'en souviendront).

Je me dis chouette, c'est sûrement un grand chef d'État étranger qui va passer juste devant ma tire.
Heureusement que je l'ai briquée, comme ça, il verra la classe française au volant du chic anglais..

La porte aux vitres fumées est ouverte par un malabar rasé à l'air très intelligent comme ceux qu'on croise à la sortie des caisses de supermarchés, oreillettes dans les choux-fleurs, le gazier regarde à droite à gauche.

Et la déception ultime, je vois sortir la Callas des Bécassines, l'Impératrice de la niaiserie :
Marlène Schiappa entourée de 3 conseillers sautillants, tellement heureux de papillonner dans les bagnoles avec chauffeur de la république.

Ils portent des petits costumes très cintrés dont les vestes arrivent en haut du darjo.
Quant à la « sinistre », elle jacte fort, histoire d'être sûre qu'on la reconnaisse.

Son attitude me donne l'impression qu'elle n'a toujours pas réalisé qu'elle est secrétaire d'État. Je la comprends, les miracles sont toujours difficiles à croire.

Merde, me dis-je, je vais finir par perdre le flegme britannique que je me suis imposé pour affronter ce voyage de couillon qui prend 45 mn pour 4 kms.

J'arrive enfin à m'engager vers la place de la Porte-Maillot.

Il y a tellement de bagnoles rouges sur le Waze que j'ai l'impression de faire une séance d'UV (dont je n'ai pas besoin puisque ma légendaire peau de pêche est halée naturellement toute l'année voyez-vous).

Je passe sur la « challe du 16 » en smart qui n'avance pas, rapport à ce qu'elle vérifie le nombre de « likes » qu'elle a eus sur son post où elle explique qu'elle a vendu son sac Gucci 254 € sur Vinted entre deux regards dans le rétro histoire de s'assurer que le maquillage qu'elle a étalé avec une truelle sur sa frime ne coule pas.

Je passe sur le connard qui doit être directeur commercial d'une supérette dans son Audi immatriculée 78, qui n'arrête pas de klaxonner alors que nous sommes cul à cul.

Je passe sur les 2 vioques dont l'un tient le volant de la C3 1989 et l'autre passe les vitesses.

Je passe sur le « zyva » en Clio pourrie rouge comme ses yeux rapport à ce qu'il n'a pas fumé que du « Belge » qui te serre pour te forcer le passage.

Malgré tout je reste zen.

Je pense à la comtesse et à ses cheveux blonds au vent lorsque nous promenons Churchill avec son sourire « Gibbs » (seuls les anciens se souviennent) et sa classe naturelle.

Et puis il y a Charlie Parker survolant le « Tico Tico » comme personne, qui caresse mes esgourdes.
Ce n'est pas pour rien qu'on l'appelle « Bird ».

Je suis comme Bernard Blier quand Maria Pacôme qui lui fait des « gazous gazous ».

Puis par bonheur, ça se dégage.

Je me dis que je ne connais pas ce restaurant et que la personne qui m'invite a certainement bon goût.

Je me demande si il y aura des ris de veau.
Je les adore simplement grillés avec un bon blanc.

J'arrive enfin à destination et constate avec joie qu'il y a un voiturier, mais avec angoisse qu'il n'est pas là.
Je me colle le plus possible côté droit du trottoir histoire de laisser passer les voitures qui ne se gênent pas pour le faire.

Au moment où j'aperçois le voiturier à 100 mètres, une camionnette de la maison poulaga attend derrière moi.

Je fais semblant de ne pas entendre la sirène actionnée une fois pour me faire dégager, car si je fais le tour du pâté de maison j'en ai encore pour 20 minutes.

Arrive un tout p'tit coq avec une mitraillette plus grosse que lui qui m'interpelle comme un clébard :

– Oh ! Faut dégager là.

– Oui pas de problème monsieur l'agent regardez le voiturier est là.

– Je m'en fous ! Vous n'avez pas à bloquer la circulation, je vais verbaliser.

– Regardez monsieur l'agent, il court le pauvre, ce n'est pas facile son boulot.

– Rien à faire vous dégagez.

Je sors de la caisse histoire de gagner de précieuses secondes et le nabot qui m'arrive au 3e bouton de ma liquette me crie :

– VOUS DÉGAGEZ

J'ai très envie de lui dire que j'aime beaucoup la flicaille que je défends régulièrement, mais qu'il est l'exception qui confirme la règle, et qu'il ferait mieux d'aller « rouler des mécaniques à Saint-Denis à 23 h 30 », bref le genre d'argument qui nous vient tout de suite en tête quand on tombe sur une tête de nœud.

Le voiturier arrive enfin et me délivre de cette « scène ordinaire de la vie parisienne » que nous avons tous vécue au moins une fois.

À l'arrivée je n'ai même pas eu de ris de veau, car la personne qui m'avait invité mange casher.

Bon je ne dis rien, car je n'ai pas casqué, mais ceusse qui connaissent la viande cacher savent que c'est une punition qui fait que quand on l'a goûtée on n'est vraiment pas sûrs que le grand barbu existe vraiment ou alors si c'est le cas il nous en veut à mort.

Alors avis à tous les potos qui veulent inviter le Z :
cherchez les bons bouclards à Neuilly, car comme disait Brel dans « Vezoul » :

« Je n'irai pas plus loin ».

Bon samedi sous vos applaudissements.

Ma championne de France
de boudin
ferme boutique
24 Octobre

Je reviens du village et des courses du dimanche matin.

Un moment que j'adore.

Les commerçants sont gentils et aux petits soins avec les clients.

Cela fait plus d'an maintenant que j'essaye de m'intégrer avec joie, mais aussi avec soin dans ma nouvelle vie.

J'ai bien sûr senti au début que j'étais « Le Parisien qui connaît les vedettes », mais petit à petit, ça se détend.

Je suis désormais pote avec mon caviste, mais vu la taille de mon foie, rien d'étonnant à cela.

Il y a deux bouchers dans le village : après les

avoir soigneusement et longuement testés, j'ai fait mon choix et j'ai choisi « la bouchère » qui a repris l'affaire de son père.

Elle est appliquée, elle aime son métier et quand je lui demande des côtelettes d'agneau à l'espagnol elle ne me répond pas sèchement « on ne fait pas ça ici ».

Elle me dit qu'elle ne connaît pas cette découpe, mais qu'elle va se renseigner pour la prochaine fois.

Elle fait des rillettes d'oies d'une finesse digne d'une sonate de Mozart, et une soubressade à faire pâlir les Baléares.

Et puis il y a la charcutière championne de France de boudin.
J'aime le boudin avec de la mangue ou des pommes voire des poires.

Ce matin elle n'avait plus de boudin, car elle quitte le village.
Elle était un peu triste en me l'annonçant.

Et même si elle n'avait pas l'air de trop blairer les « parigos comme moi » je m'étais habitué à

338

son accueil glacial, passage obligé au Graal du boudin d'exception.

Je ne sais pas où elle va, mais elle arrête de faire du boudin alors qu'elle est championne de France.

Je suis triste qu'un petit bout de savoir-faire, qu'une partie d'excellence française jette l'éponge.

Je lui ai souhaité bonne chance pour l'avenir et pour la première fois elle a prononcé mon nom en me remerciant.

Du coup vu que c'est l'heure de l'apéro et que la mère Michèle et la comtesse ne sucent pas que de la glace, je file à la cave avant de me faire huer, et je lèverai mon verre à la santé de la petite charcutière de mon village.

N'oubliez pas d'écouter RTL à 14 heures, si vous voulez entendre ma voix chaude et suave qui compense mon physique radio.

Bon dimanche sous vos applaudissements.

Ma troisième grand-mère
Mireille Knoll
26 Octobre

À ma troisième grand-mère Mireille Knoll,

Aujourd'hui la justice des hommes va statuer sur l'horreur de votre assassinat.

Vous avez réussi à échapper à la barbarie nazie dans votre jeunesse.

Mais la barbarie islamiste antisémite vous a massacré de onze coups de couteau dans l'intimité de l'appartement que vous occupiez depuis 50 ans.

L'un de vos bourreaux vous connaissait depuis son enfance, vous aviez même de l'affection pour lui.

Il était votre voisin depuis tout petit.

Il a lâchement profité de votre confiance, de votre gentillesse, de la sécurité d'un endroit qui vous était familier, pour s'introduire chez vous avec un sinistre comparse et s'acharner sur votre corps sans défense.

Votre corps de 85 ans qui se déplaçait en chaise roulante, retrouvé lardé de onze coups de couteau.

Votre corps de grand-mère à moitié calciné.

Depuis ce 23 mars 2018, je ressens la même peine, la même douleur, mais aussi je l'admets aisément, la même haine que si cette horreur était arrivée à ma propre grand-mère.

Oui depuis ce 23 mars 2018, vous êtes aussi ma grand-mère.

J'espère que la condamnation de ces deux animaux enragés qui vous ont fait subir ces monstruosités sera implacable, même si j'en doute fortement.

Je n'oublie pas votre regard, apaisant, rieur, mais avec cette pointe de tristesse de ceux qui ont vécu les horreurs de la Seconde Guerre mondiale.

J'ai aussi une pensée pour vos enfants d'une

dignité incroyable et pour votre famille.

J'espère de tout cœur que vous avez trouvé la plénitude éternelle et que de là où vous êtes, vous nous protégerez de la folie et de la barbarie des sous-hommes.

Amen.

Trois belles blondes
30 Octobre

Jeudi dernier après l'enregistrement « du bon dimanche Show », le talentueux Bruno Guillon m'a fait une surprise de roi.

Il m'a présenté trois sublimes blondes comme je les adore.

Leurs magnifiques robes « haute couture » dorées et leurs parfums raffinés auraient fait bander un eunuque.

Elles étaient originaires d'une petite ville située au sud de Vienne.

Elles avaient le goût sensationnel d'un nectar, celui d'un pipi pur du Bon Dieu.

Avec Bruno nous avons vraiment eu les raisins frétillants en leur compagnie.

La quintessence du savoir-faire français.

Ah ! c'est pas les ricains les rosbifs ou les teutons qui sauraient tapisser nos langues et chatouiller nos gosiers comak.

Du nectar pour becs fins, des sensations « première classe », de l'ivresse de seigneur.

Et cerise sur le gâteau nous avons eu la conversation qui va avec.

Je me devais donc ici de remercier publiquement Bruno de m'avoir fait attraper un pur moment de bonheur de ceux qui effacent illico les malfaisants, les radins, les estropiés du larfeuille, les harpagons des sentiments, bref les pousse-mégots.

Nos fiancées s'appelaient, mesdemoiselles Condrieu-Viognier, un blaze aristocratique qui me fait tourner la tête.

Alors « Merci Patron » comme, chantaient les fameux Charlots.

Je vais devoir m'occuper du match retour.

Bon samedi sous vos applaudissements.

Corvée de fringues
31 Octobre

Résumé de l'histoire :

Jeudi dernier, je ne sais pas pourquoi, je me suis mis en tête d'aller acheter des fringues.

Depuis quelques années, après avoir tout porté, je n'en ai plus rien à foutre des « tenues ».

J'ai donc opté pour la technique Gainsbourg qui consiste à avoir toujours la même, mais dupliquée.

Je devais donc me racheter des jeans, la plaie étant pour moi d'essayer l'article.

Attention, cette histoire promet d'être passionnante.

Bref je me rends au « Printemps homme » pratique avec son parking à 50 € les 15 minutes et ses stands qui te vendent des tissus au prix de l'or.

40 piges que je porte des 501 bleus bruts alors

je file direct au stand Levi's.

Là, je tombe sur une vieille revêche, aimable comme une porte de taule qui se la joue « je-suis-la-responsable-du-stand-Levis-du-Printemps-homme-j'ai-la-mutuelle-et-je-suis-casquee-sur-13-mois-que-veux-tu-mon-con ?

– Bonjour madame je voudrais un 501 brut 34 32 s'il vous plaît.

– J'ai un 34 34, me répond-elle sèchement.

– Ah ! vous ne faites plus le 34 32 ?

– Non monsieur je fais le 32, mais je ne l'ai plus, il y a une nuance.

– OK madame, mais moi je suis venu acheter un jean voyez-vous pas prendre un cours de grammaire il y a aussi une nuance.

Alors, va pour le 34 34.

La vieille bique irritée qui se prend pour "madame Lévis Strauss » me balance l'article d'un air revêche.

Me voilà dans ces putains de cabines que je déteste, où je suis obligé de poser mes chaussettes par terre là où d'autres qui « puent des pinceaux » les ont posées.

Dans la cabine d'à côté, j'entends un petit couple qui devise sur une chemise.

Elle (très directive) :

– elle te va très bien mon chéri, tu vas la prendre.
– Oui mon amour, bien mon amour.

Je sens que le mec fait ses achats avec sa nana comme il les faisait avec sa mère étant petit.

Ce n'est pas lui qui décide et ce sera comme ça toute sa vie.

Certains hommes recherchent chez les femmes leurs mères, leurs meilleures copines, leurs repasseuses, leurs cuisinières, enfin tout sauf une femme.

Certains les appellent d'ailleurs « maman », c'est dire les dégâts.

Dans l'autre cabine, un couple de mecs sautillants s'excitent sur « les nouveaux chinos de Lévis », avec leurs poches droites.

Oui ils peuvent les porter eux : ils clapent du boulgour et du fromage blanc en écoutant les « Pet Shop Boys » et taillent du S.

Moi, ces putains de pantalons si je les mets, les poches baillent sur les côtés et si je sors la trompe on dirait le dab de Babar.

Je me demande finalement ce que je fous là alors qu'avec internet je peux commander tout ce que je veux et m'éviter ce calvaire.

C'est là, que, comme d'habitude, mon héroïne la comtesse m'appelle et me dit qu'elle est en rendez-vous pas loin et qu'elle serait heureuse que son vioque vienne la chercher avec sa vieille Anglaise pour rentrer à la campagne.

Ce que j'aime chez elle, c'est que même sans le savoir, elle me sauve parfois de situations inextricables où j'ai le don de me fourrer tout seul.

Je me barre donc illico presto de ce traquenard

rejoindre Madame Z, non sans avoir une pensée pour le mec de la vioque du stand qui doit souffrir de vivre avec ce dragon qui n'a rien pour inspirer l'amour.

Vive Amazon !

Bon dimanche sous vos applaudissements.

Américanisation de la société française
02 Novembre

L'américanisation de notre société est délétère pour notre pays.

Un acteur est accusé de viol par une jeune fille, personne ne sait rien de cette histoire, mais elle fait déjà la une des journaux.

Les fans de l'acteur crient au complot et les néo-féministes s'en donnent à cœur joie.

Quel spectacle médiocre, affligeant, désolant.

On a l'impression de vivre aux États-Unis où le voyeurisme est devenu la religion officielle.

Comment le journal « Le Point » peut avoir des informations sur cette affaire et surtout les balancer en pâture à l'opinion publique ?

Le mec qui a eu ce « scoop » doit être ravi. Il doit bomber le torse en se disant « Yes, j'ai été le premier à sortir l'affaire » !
Je me souviens que dans les années 80, quand je voyais les films américains où les « affaires » étaient données en pâture à la presse, je me

disais que j'étais bien content d'être français, car chez nous ça ne se faisait pas.

Je ne sais pas où se trouve la vérité, mais ce que je sais c'est qu'il y a d'ores et déjà deux familles détruites, parce que balancées aux médias et à la vindicte populaire.

Il y a maintenant 66 millions de juges en France.

Il y a des émissions où des « chroniqueurs de mon cul », qui ont un cerveau pour 10, donnent leur avis sur cette affaire.

Je vomis ce que notre société française est en train de devenir.

Je vomis ce spectacle permanent.

Si l'accusation est vraie, c'est la vie d'une jeune fille qui est détruite.

Si elle est fausse, c'est la carrière d'un acteur qui l'est.

Dans les deux cas, c'est un drame que je ne souhaite pas à mon pire ennemi.

Je hais l'américanisation de la France.

Journée mondiale de la gentillesse
03 Novembre

Paraît qu'aujourd'hui c'était la journée mondiale de la gentillesse.

C'est lourd ça.

Par contre j'ai hâte d'être le 02 février.

C'est la journée mondiale des zones humides.

Voilà c'est tout pour le moment.

sous vos applaudissements.

Les vieux
04 Novembre

J'ai de la tendresse pour nos anciens.

Ils ont été jeunes, ils ont sûrement fait des erreurs et des conneries.

Ils ont fondé des familles, travaillé, payé des impôts, consommé, et participé à l'effort français.

Ils ont traversé les décennies tout en s'adaptant au progrès qui n'a jamais été aussi fort que depuis le XXe siècle.

Ils ont parfois divorcé, se sont remariés.

Ils ont eu des enfants, des petits enfants.

Ils ont bu, fumé, baisé, ils ont roulé vite, ils se sont aimés, engueulés et peut-être même trompés.

Ils se sont séparés.

Ou ils sont restés ensemble 60 ans.

Ils ont parfois remplacé l'amour par la tendresse.

Souvent le temps efface les rancœurs et laisse la place aux bons souvenirs.

Sauf pour les cons.

Oui quand je croise un couple d'anciens, j'ai de la tendresse et je leur souhaite secrètement encore du bonheur, car ils ont réussi à tout surmonter.

Et si leurs corps les font souffrir, j'espère que leur amour leur sert de morphine pour apaiser la douleur.

Bon jeudi sous vos applaudissements.

Mise au Point
05 Novembre

L'autre jour je raconte une de mes mésaventures dans un grand magasin parisien et je finis mon récit par « Vive Amazon ».

Ça ne loupe pas je reçois illico des messages du style :

« Vous m'avez déçu, comment pouvez-vous aller dans de grands magasins et surtout utiliser Amazon alors que les petits commerçants galèrent, vous participez à la mort du petit commerce ».

Ou encore :

« Arrêtez de vous plaindre : certains n'ont même pas les moyens de s'acheter un jean ».

Je vais donc répondre à la lourdeur abyssale de ces messages de cornards à poils durs avec plaisir.

Je ne considère pas ma vie comme un combat permanent et l'idéologie excessive me casse les pieds.

J'ai mes adresses de petits commerçants que je garde jalousement ET j'achète aussi des conneries sur Amazon.

Je roule à l'essence, je déteste les bagnoles électriques, MAIS je trie mes déchets et je ne bois plus d'eau minérale dans des bouteilles plastiques.

Je porte du parfum ET je pète.

J'aime les animaux, MAIS je ne suis pas contre la chasse.

J'adore respirer l'air frais de la campagne, MAIS j'aime aussi les grands prix de formule 1.

Je déteste les dictatures comme le Qatar, MAIS j'aime le PSG.

J'écoute France Culture ET Rtl.

Je lis l'Équipe ET So Foot.

Je me suis toujours battu pour l'égalité des salaires hommes femmes à travail égal ET je déteste toutes les « néo-féministes » de carnaval.

Je bois du rouge Et du blanc.

Je suis pour l'Europe, MAIS contre ce qu'elle est devenue.

J'adore la politique, MAIS je déteste les partis.

Je peux aimer des cultures différentes de la mienne, MAIS je déteste le communautarisme.

J'adore l'histoire des religions, MAIS je me méfie des ultras religieux.

Il y a des artistes que j'aime humainement SANS aimer ce qu'ils font.

À l'inverse il y a de sinistres connards, MAIS j'adore leurs œuvres.

J'adore de Funès ET Desproges.

J'adore Lautner ET Truffaut.
La liste peut s'allonger infiniment.

D'ailleurs je me justifie ET je t'emmerde en même temps !

Je ne participe à rien, je consomme et bizarrement comme c'est mon blé je le dépense comme et où je veux et je n'ai aucun compte à rendre à qui que ce soit.

Alors à partir de maintenant les seuls les messages acceptables seront ceux-ci :

« Salut le Z si tu vas chez tel caviste ou dans tel magasin tu auras moins 30 % parce que je t'aime ».

Bon vendredi sous vos applaudissements.

Heure d'hiver
Samedi 06

Quelle déprime cette heure d'hiver.
Nuit noire à 18 h.

Quand je pense qu'au départ c'était pour faire des économies d'énergies.

À l'époque on disait « En France on n'a pas de pétrole, mais on a des idées ».

Vu les hausses du prix de l'électricité, il est très cohérent de devoir allumer les loupiotes dès 17 h 30.

Donc maintenant « en France non seulement on n'a pas de pétrole, mais on a des idées à la con ».

Voilà c'est tout pour le moment.

#CestPasVersaillesIci

Quand la Chine « pétera »
07 Novembre

Certaines infos passent inaperçues, mais n'annoncent rien de bon.

Pendant que beaucoup de Français flippent de ne pas avoir de jouets à mettre sous le sapin de Noël, rapport à ce qu'ils sont fabriqués en Chine, les Chinois eux, reconfinent des villes entières pour quelques cas de Covid.

Ils craignent aussi et surtout un problème d'approvisionnement de nourriture puisqu'ils sont dépendants des pays anglo-saxons et que leurs propres récoltes sont très mauvaises cette année.

Ils ont aussi les jetons d'une explosion de l'inflation.
Et ça, ce n'est pas bon, mais alors pas bon du tout.

Parce que si la Chine est en train d'éternuer, l'Europe va se prendre ses miasmes direct dans la frime et c'est une mauvaise limonade ça.

Bon heureusement nous en France « on n'a pas de pétrole, mais on a Manu le malin » qui va nous jacter mardi soir.

Va falloir bien lire entre les lignes.

M'est avis qu'on n'est pas sortis de l'auberge chinoise et que cette année encore il n'y aura pas que les sapins qui auront les boules.

En résumé, attendez un peu pour stocker du PQ parce que s'il n'y a rien à manger la production de matières fécales sera à la baisse donc la consommation de triple épaisseur aussi. Cqfd.

Bon dimanche autour du rôti (à peine 15 minutes de cuisson pour l'avoir saignant) sous vos applaudissements.

#QuandLaChinePeteraLeMondeTremblera

Déjeuner du dimanche
07 novembre

Déjeuner du dimanche incontournable avec des amis chers.

Ma pote que j'adore, Laura, me demande soudain quelle est la chanson qui m'émeut le plus.

Je mets « Ne me quitte pas » à fond dans les enceintes et les larmes me montent directement, comme ça, devant tout le monde au beau milieu de ce déjeuner gai et amical.

Laura choisi « La Mamma morta par la Callas » autre monument de la
musique mondiale.

Puis la comtesse enchaîne sur « Nantes » de Barbara.

Barbara, la meilleure amie de la comtesse, elle, enchaîne par « Casta Diva » par la Callas encore.

Enfin mon pote Yo mets « Mon vieux » de Daniel Guichard parce qu'elle raconte tout ce qu'il a vécu avec son dab.

J'avoue avoir pleuré sur toutes ces chansons.

Tous ces titres ont touché mon cœur au plus profond de mon être même si je les connais par cœur depuis des années.

Cette scène de la vie amicale m'a confirmé que quel que soit ton âge, ton expérience, ton parcours, la chanson est présente dans ta vie quoi qu'il arrive.

Quelques notes, des mots qui brisent ton cœur parce qu'ils racontent ton vécu, qu'ils sont l'essence même de ta vie.

C'est sûrement pour ça que j'aime les artistes, ces messagers de l'au-delà qui n'en ont pas toujours conscience.

Mais rassurez-vous on s'est super bien marrés et bien bourrés la frime.

Bon dimanche sous vos applaudissements.

Premier Débat LR

08 Novembre

Je regarde le débat des LR sur LCI.

Ce n'est pas la grosse poilade.

Personne ne se met sur la gueule, c'est plat.

La comtesse trouve que Barnier ressemble à Claude Rich, elle a raison !
Je me demande si ce n'est pas lui qui va gagner l'investiture d'ailleurs.

Pour le reste, ils sont tous à peu près d'accord et nous assomment avec des chiffres dont on se fout complètement.

À part ça il y a une jolie fille derrière Juvin, un mec qui a l'air d'avoir pris de la coke derrière Ciotti, à côté de Meyer Habib qui fait une pub à Rolex « poypoypoy mon fils »..

Bon voilà !

Je vous tiens au courant si par miracle il se passait quelque chose dans ce programme aussi passionnant qu'une soirée en EHPAD.

#OnVeutDeLaBaston

Allocution Macron
10 Novembre

J'ai regardé « Manu le Malin » hier soir.

30 minutes pour m'expliquer que je dois aller me faire piquer une troisième fois et qu'il a tout bien fait depuis 4 ans.

Un peu trop long même avec la voix de Barry White.

En plus, il y avait une merde marronnasse en haut à droite du décor qui m'a rendu fou.

J'ai cru que c'était ma télé.

Cette campagne va être aussi longue et pénible pour moi, qu'un film de Lars von Trier de 1953 je le crains.

Bon mercredi, jour des rires et des chants sous vos applaudissements.

On n'oublie pas
11 novembre

11 novembre 1918, armistice signée d'une guerre qui a fait plus de 18 millions de morts sans compter les blessés et les estropiés.

Des millions de familles endeuillées.

Des femmes restées sans nouvelles de leurs maris, de leurs enfants ou de leurs petits-enfants, englués dans une boue infernale, en proie au pire, à une mort atroce, au mieux à la dysenterie, à la fièvre typhoïde, à la rougeole, à la scarlatine, à l'amputation de membres sans anesthésie, et bien d'autres « réjouissances ».

Des femmes qui vivaient dans l'espoir de recevoir une lettre de l'être cher, lui disant qu'il va bien, mais aussi dans la terreur de recevoir une lettre des armées lui annonçant sa mort.

Certains « Poilus » miraculés de cette boucherie mourront juste après la guerre à cause des effluves de gaz respirés dans les tranchées qui leur auront brûlé les poumons.

Le Maréchal Foch, ainsi que son bras droit Weygand, ont signé l'armistice le 11 novembre à 5 h 30 du matin, à Rethondes en forêt de Compiègne.

Ils pensent avoir mis fin à jamais à la folie et la barbarie des hommes.

Foch, mort en 1924, ne verra pas 20 ans plus tard ce que Pétain et Weygand, pourtant héros de 14-18 avec lui, feront de notre pays.

À l'heure où un pauvre vaccin suscite nombre de polémiques ridicules, à l'heure de notre société obsédée par l'individualisme et le Dieu pognon, je veux avoir une pensée profonde pour tous ces hommes, ces femmes, ces enfants et ces familles qui ont vécu l'horreur pendant des années et leur envoyer mon plus grand respect.

Puissent leurs âmes nous protéger de la folie humaine.

Chirurgie Plastoc
12 Novembre

Hier j'ai regardé une énorme bouse tournée en 2015 avec Faye Dunaway.

Cette actrice était si belle.

Et puis les mauvais chirurgiens esthétiques qui refont toutes les frimes pareilles sont passés par là.

Maintenant on dirait la sœur de Daffy Duck la pauvre.

C'est fou le nombre de femmes défigurées par des bouches en canard et des pommettes ridicules.

Les seins c'est pareil.
Ces plots énormes, immobiles, posés au milieu du torse comme des appliques sur un mur avec des tétines saillantes... ça me dégoûte.

Je ne suis pas contre la chirurgie esthétique, d'ailleurs, dans ce métier il y a des artistes qui font en sorte que leur travail soit invisible, mais ils sont rares.

En tout cas, si je m'étais fait refaire la bouche comme Faye, je n'irais pas me balader en forêt pendant la période de chasse.

#Coincoin

Le bal des faux culs
14 Novembre

En résumé, on s'extasie parce que l'équipe de France de football a battu le Kazakhstan 8/0 et qu'elle est qualifiée pour aller
défendre son titre au Qatar !

Quel bal des faux-culs.

On assomme les gens avec « le réchauffement climatique », on emmerde ceux qui roulent au diesel, on nous les brise avec le « tout électrique », on nous fait peur avec Greta Thunberg, mais par contre aller jouer au foot dans une dictature qui pratique la charia et qui s'assoit sur la com 26 ça ne dérange personne.

Les footballeurs s'agenouillent contre le racisme, mais vont aller jouer dans un pays où des ouvriers Asiatiques sont traités comme des esclaves pour construire 8 stades climatisés dans un désert où il fait plus de 50 degrés.

Ça ne les gêne pas non plus d'aller jouer dans un pays où l'homosexualité est condamnée par l'état .

377

En réalité cette coupe du monde est le symbole du cynisme de ceux qui gouvernent le monde, pleutres devant le pognon du Qatar, mais veules avec les populations.

Moi, cette coupe du monde je la méprise et je la boycotte.

Je n'en ai donc rien à carrer du résultat de l'EDF surtout quand EDF explose ma facture de gaz à cause des prix du gaz qui flambent et qui est en partie produit… au Qatar.

#LeBalDesFauxDerches
#DuPainDesJeux

Bon dimanche avec les faux-culs sous vos applaudissements.

De Gaulle à toutes les sauces
19 Novembre

Oyez, oyez …

Sixt à la population :
(j'ai 30 % chez eux et rien chez Avis)

Je n'en peux plus d'entendre parler du général de Gaulle à toutes les sauces.

Tous les politiques, même les gauchistes, le citent ou le prennent en exemple partout tout le temps.

Le prochain paltoquet qui se réclame de De Gaulle avec un air profond comme s'il avait lui aussi entendu « l'appel du 18 juin », je lui fous un coup de pelle dans la frime.

C'est un immense personnage de notre histoire, mais j'en ai soupé de tous ces politiques modernes sans charisme, sans courage, et sans vision qui s'en réclament.

Je crois que la fille qui chante « vendezvotrevoiture.fr » ou l'autre engeance qui chante « Carglass répare Carglass remplace » m'énervent moins que tous ces glands qui se réclament de de Gaulle alors qu'ils auraient très certainement fait le choix de Pétain en 40 pour un poste de sous-secrétaire de mes glaouis.

À partir de maintenant, je ne suis plus gaulliste, mais « Louis 14èmmiste ».

Au moins, on dansait, on passait son temps à festoyer, à faire la guerre et à jouer à colin-maillard avec des bombes parfumées aux poils soyeux avant de les échanger avec son voisin.

Vive la France de Louis XIV

#LaPelleDansTaGueule

Beaujolais nouveau.
21 Novembre

Le beaujolais nouveau est au vin ce que Sandrine Rousseau est à la politique.

Nouveau, mais extraordinairement mauvais.

Voilà.

Bon dimanche sous vos applaudissements.

#RemetsMoiUnChateauNeufDuPape
#RemetsMoiMicheleBarzac

Quid du pangolin ?
26 Novembre

Au fait on en est où avec le type qui a « bouffé un pangolin qui avait lui-même bouffé une chauve-souris » ?

Plus personne ne parle de cette fumisterie qu'on nous a quand même bien fait gober.

Pas une ligne sur l'origine de cette pandémie qui nous amène quand même à nous faire piquer trois fois.

C'est surprenant de réussir à noyer une information dans le flot continu des infos.

Si quelqu'un qui ne pense pas que « la-terre-est-plate-que-les-illuminatis-dirigent-le-monde-que-les-juifs-mangent-les-prépuces-de-leurs-fils-et-que-Sheila-est-un-homme a un début d'explication, je suis preneur.

Bon en même temps en Chine, ils font disparaître les milliardaires trop voyants, les actrices trop puissantes et les tenniswomen, alors pour connaître l'origine de cette saloperie,

383

on va peut-être se brosser longtemps !

Bon vendredi sous vos applaudissements.

.

C'est fou ce qu'on entend comme conneries à la radio

27 Novembre

Hier j'ai beaucoup roulé rapport à ce que j'étais dans le « chnord » à Lille où j'avais des trucs à faire qui ne regardent que moi.

Alors j'ai écouté la radio puisque j'ai mis à peu près 5 heures pour faire 230 bornes à cause de la « bonne gestion » de la circulation à Lille et bien entendu à Paname.

C'est fou ce qu'on peut entendre comme conneries dans les émissions de débats.

Des conneries prodigieuses, des âneries de compétition.

Il y avait un débat sur la mairie de Strasbourg infestée de « bidons verts », tout heureux d'avoir banni le foie gras de leurs agapes municipales au prétexte qu'ils « défendent les animaux ».

Ces dindes en baskets chaudes se targuent d'une victoire sur le gavage des oies.

En omettant, bien sûr, que les oies se gavent elles-mêmes naturellement afin de faire des réserves pour leurs longues migrations.

En omettant aussi que le foie gras a été inventé en Alsace il y a des siècles où on le fait avec des oies.

Le Sud-Ouest a répliqué plus tard avec le canard.

Les producteurs de foie gras à l'ancienne ne font pas souffrir leurs animaux qu'ils élèvent dans la plus pure tradition et l'excellence française.

Alors bien sûr leurs produits sont cinq fois plus chers que les saloperies de supermarchés où effectivement les animaux sont maltraités pour donner un pâté plus proche du « Canigou » que du foie gras.

Mais chez les écolos on ne s'emmerde pas à faire la différence entre le travail bien fait par des artisans et la malbouffe industrielle.

On supprime tout d'un trait de plume (de canard).

Ces fumistes me fatiguent et je continuerai de manger du foie gras parce que j'aime ça et que j'aime la tradition française et que j'emmerde les écolos des villes.

Ensuite j'ai entendu un débat sur Benzema et sa condamnation dans l'affaire de la sextape, style « Benzema doit-il encore jouer en équipe de France ? ».

Apparemment, il va continuer, car comme nous sommes chez les fadas, il n'a pas joué lorsqu'il n'était pas condamné puisque c'est Monsieur Deschamps qui s'est substitué aux juges en éliminant un joueur présumé innocent.

Mais il va certainement continuer à jouer en étant reconnu coupable parce qu'il est super bon et qu'on ne peut pas s'en passer pour aller gagner la coupe du monde très écologique et respectueuse des droits de l'homme au Qatar.

Logique !

Enfin la photo de la semaine, qui montre PPDA

et Nicolas Hulot débattre sur la même estrade à un forum sur les femmes en 2016, ne manque pas de saveur et symbolise tout le cynisme dont le prédateur est capable.

Du coup, je suis allé fêter la connerie humaine avec la comtesse et mon pote Fabrice à « L'Auberge Bressane » avec un ris de veau aux morilles arrosé d'un Gevrey-Chambertin tous deux divin.

Et question tradition on s'y connaît en Bresse.

Ça, c'est mon « comme j'aime ».

Voilà c'est tout pour le moment et si vous croisez un écolo-bobo, dites-lui bien d'aller se faire cuire le derche après l'avoir lavé de la part du Z.

Bon samedi sous vos applaudissements gras.

Jean Castex referme les boîtes de nuit

07 Décembre

C'est fou cette obsession de Jean Castex avec les boîtes de nuit.
Dès qu'il y a une petite alerte covid, il ferme les boîtes.

Si ça continue, dès qu'il aura un problème il fermera les boîtes.

Un problème avec les Anglais au sujet des pêcheurs ?
Il ferme les boîtes.

Un problème avec l'Ukraine ?
Il ferme les boîtes.

Un remaniement ministériel ?
Il ferme les boîtes.

Cette détestation des boîtes doit lui venir de sa jeunesse.
Il a dû se faire jeter de toutes les boîtes, même celles où tout le monde rentre.

En même temps je me mets à la place du physio qui voit Jean Castex à 20 ans arriver à sa lourde:

– Bonsoir moi c'est Jean nous sommes deux c'est pour boire un pot..
Non Jean « Boire un pot » ne se dit plus depuis 1978.

Tout comme on ne demande pas au « disc jockey » un « pot-pourri des plus grands succès de Michèle Torr ».

Mais bizarrement il a un blase de boîte de nuit Jean.

– On se rejoint chez Castex ce soir ?

– Tu l'as connu ou ton mec ? À la soirée Dior chez Castex pendant la fashion week.

Il faudra vraiment qu'un jour on m'explique son acharnement pour le monde de la nuit.

D'autant qu'il laisse les clubs échangistes ouverts.

Avec les gestes barrières qui obligent à laisser un mètre de distance entre les gens… même Rocco n'a aucune chance.

Alors je veux avoir pensée pour tous les copains qui bossent dans les clubs.

Même si je ne sors plus, le monde de la nuit a été mon théâtre pendant de nombreuses années.

Les gens qui y bossent sont légendaires.

Dj, physios, serveurs, dames pipi, directeurs artistiques, barmans, et surtout les patrons et les créateurs de ces endroits qui les incarnaient

Ils travaillent pour notre plaisir.

J'ai toujours considéré que gérer un endroit de nuit était de l'art.

J'ai des souvenirs impérissables aux Bains, au Palace, à l'Élysée Mat, chez Castel, chez Régine, à l'Apocalypse, au Bus, au Niels, au Queen, au VIP, au Baron, au Mathis, au Milliardaire, au Raspoutine, au Montana, à l'Opéra, au Studio Circus à Cannes, au Bureau à Juan et dans bien d'autres endroits en France et dans le monde.

La « culture club » a réellement existé et j'ai vécu des moments magiques dans ces endroits.

Et même si aujourd'hui, pour moi, à 22 heures « c'est une soupe, une claque sur les baloches et au lit », j'ai une tendresse particulière pour tous ces professionnels de la nuit qui m'ont toujours accueilli amicalement.

Bon mardi « dance » sous vos applaudissements.

Révision des 100 000
11 Décembre

Résumé de l'histoire.

Jeudi dernier après avoir enregistré l'excellente émission « Le bon dimanche Show » produite et présentée par le non moins excellent Bruno Guillon (vous devriez l'écouter ça vous changerait des conneries habituelles), la comtesse m'avait pris rendez-vous pour la révision des 100 000 dans une clinique huppée de Neuilly sur Seine.

Elle est comme ça la comtesse, elle ménage sa monture, car elle sait que même si j'ai toujours fait premier au « grand prix d'Amérique du paddock » j'ai quand même 30 piges... (de métier).

Elle exigeait donc une vérification complète de la salle des machines avec vidange, graissage des courroies de transmission, vérification de la boîte de vitesse et vous en profiterez pour lui faire le pare-brise et le plein.

Me voilà donc dans la salle d'attente en

compagnie d'une petite dizaine de bonnes femmes décorées façon sapin de noël, ornées de joncailles tellement brillantes qu'il a fallu que je chausse mes carreaux de soleil.

Il y avait autour de leurs cous fripés et refaits plus de diams que Bokassa n'en avait refilés à Giscard en 1979.

Leurs parfums capiteux mélangés ont failli me provoquer un raoulage, digne de ceux que l'on fait après une mauvaise cuite.

Me voilà devant une jeune revêche qui a la frime de sa mère à 28 ans et qui me demande d'un ton sec :

– « carte vitale et mutuelle.

Je m'exécute trop content d'avoir ces fafiots qui te permettent de ne pas casquer, rapport à ce qu'on vit dans le plus beau pays d'assistés du monde.

Puis me voilà dans une cabine où la porte s'ouvre sur une infirmière aussi sexy que madame de Fontenay à poil au réveil, qui a gardé son galure.

Tu te dis quand même qu'on aurait pu la repasser.

Comme si j'étais sourd comme un pot, elle me gueule :

– Bonjour, monsieur, vous vous mettez torse nu et vous enlevez vos chaussures.

Ah c'est pas vraiment la même ambiance qu'au « Calle 22 » à Barcelone où tu enlèves ton calbute et que tu gardes le reste devant la cousine de Charlize Theron.

Puis me voilà allongé comme une tranche de pain dans le grille miches.

Étant totalement claustrophobe je ferme les yeux et je pense à la comtesse, à sa peau douce comme celle d'un abricot et à son rire quand je lui sors une connerie.

Je suis immédiatement tiré de cette douce pensée par la voix stridente de la vioque qui m'ordonne :

– inspirez… bloquez votre respiration et ne bougez plus.

C'est évidemment au moment où tu ne dois plus bouger que ça te gratte de partout et que tu as envie de tousser.

Après un « clic-clac merci Kodak » de mes entrailles, l'infirmière « m'invite » toujours en gueulant à passer dans la salle d'attente pour voir le doc qui va analyser mes clichés.

La porte de son burlingue est entre-ouverte et je l'entends jacter avec un autre doc.

– Putain, ce matin j'en ai pas mise une dedans j'avais les pognes qui tremblent.

En entendant cette phrase, je m'suis dit que je m'étais trompé d'adresse que j'étais à la boucherie « Sans os » et que ce doc avait dû charcuter un pauvre malheureux sur la table d'opération.

Mon palpitant s'est accéléré et j'ai pensé me faire la belle.

C'est quand l'autre doc a répondu « qu'hier il avait fait un plus 3 » que j'ai réalisé qu'ils devisaient sur le golf.

Puis me voilà dans le bureau du «Dr Ballesteros » donc qui me dit :

– Alors monsieur Zeitoun la musique ça va ?

– Ça va doc, le marché de la musique en ce moment est à peu près dans le même état que le marché de Moscou en 1942.

Il se marre, mais moi je suis pressé d'avoir le résultat de mon scanner rapport à ce que je me fais une parano style « il veut me détendre pour m'annoncer que mes poumons sont couleur charbon ».

– Vous fumez monsieur Z ?

– Oui enfin, non, enfin je fume de tout p'tits clous de cercueil, mais rien de bien fort.

– Vous avez un peu d'emphysèmes, mais rien de bien méchant… la machine est parfaite.

Pour un peu, je le galocherais de bonheur le doc.

Du coup, pour fêter ça, je suis allé m'offrir un « Montecristo » qui m'a coûté plus cher que deux cartouches de Marlboro et je l'ai fumé façon Rockefeller dans le marché de Noël de Neuilly au milieu des vioques fortunés et j'ai repensé à la citation d'Ernest mon auteur favori :

« L'alcool conserve les fruits et la fumée, les viandes ».

Vive la vie et vive la sécu.

Bon samedi enfumé sous vos applaudissements.

Lettre à Anne Hidalgo
14 Décembre

De Valery Zeitoun,
Citoyen français.

Madame,

Dans votre discours de Perpignan, vous avez comparé la situation des Français musulmans d'aujourd'hui à celle des Français juifs dans les années 30.

Si Éric Zemmour falsifie parfois le passé à son profit, vous faites dans la surenchère en falsifiant le présent.

Et ce, à des fins bassement électoralistes aussi choquantes qu'inefficaces.

Non Madame, aucun musulman ne se voit interdire d'exercer son métier sous prétexte qu'il est musulman.

Non Madame, aucun enfant musulman n'est obligé de porter une étoile verte avec un croissant rouge pour le marquer comme une bête.

Non Madame, aucun musulman n'est spolié de ses biens.

Non Madame, aucun musulman n'est traité comme un citoyen de seconde zone.

Non Madame, aucun musulman ne subit de lois d'exception.

Mais la comparaison ne s'arrête pas là.

Parlons un peu de la France d'aujourd'hui et de ce qui arrive aux Français juifs depuis 2006.

Aucun musulman n'a été torturé jusqu'à l'agonie puis assassiné dans une cave comme Ilan Halimi, parce que musulman.

Aucun enfant musulman n'a été assassiné en France parce que musulman, contrairement aux petites victimes juives de Merah.

Aucune grand-mère musulmane, contrairement à Sarah Halimi, n'a été défenestrée parce que musulmane par un juif qui l'aurait fait au nom de Dieu et qui n'aurait même pas été jugé par la justice française pour cet acte odieux.

Aucune grand-mère musulmane parce que musulmane n'a été sauvagement assassinée de onze coups de couteau contrairement à Mireille Knoll.

Aucun magasin musulman, parce que musulman, n'a été attaqué par des terroristes assoiffés de sang juif comme à l'hyper casher.

Contrairement aux juifs, aucun musulman n'a dû déménager de sa ville parce qu'il n'y vivait plus en sécurité.

Contrairement aux enfants juifs, les enfants musulmans peuvent toujours aller dans les écoles de la république en toute sécurité.

La liste est encore longue, mais je vais m'arrêter là.

Aucun musulman dans la France d'aujourd'hui n'a été victime de ces horreurs et c'est heureux.

Car en tant qu'homme civilisé, en tant que français juif, je ne souhaite de mal ni aux musulmans ni à personne et je considère que si on sauve une vie on sauve l'humanité.

Mais en entendant votre déclaration, je me sens moins français juif et plus juif français.

Et je me mets à craindre que l'innommable recommence, même si dans ce cas je défendrai ma famille et mes amis avec force et conviction.

Je repense à tous ces Allemands juifs qui se pensaient à l'abri en Allemagne parce qu'ils étaient totalement intégrés et qui, par incrédulité, se sont retrouvés dans des chambres à gaz.

Oui, quand une candidate à l'élection présidentielle ose ce genre de comparaison, elle souille l'histoire et vomit sur la mémoire de 6 millions de déportés.
À l'instar de Monsieur Mélenchon qui use et abuse de cette incroyable comparaison, vous faites honte à notre pays.

Vos arguments de campagne sont orduriers vis-à-vis des Français juifs qui n'ont rien demandé.

Non contente d'être la reine de la saleté

parisienne, vous êtes maintenant l'impératrice de la crasse intellectuelle, historique et politique.

En tant que français juif je vous prie d'agréer, Madame, par la présente, l'expression de mon plus profond mépris.

Merci
15 décembre

Du fond du cœur, merci.

Merci pour tous vos témoignages, vos encouragements et vos mots touchants suite à ma « lettre ouverte à Anne Hidalgo »

Cette publication me dépasse maintenant et elle appartient à tous.

Je constate depuis hier que nous sommes nombreux à refuser le révisionnisme historique approximatif d'où qu'il vienne comme argument de campagne.

Après tout, ce que nous attendons de nos dirigeants politiques, c'est de nous parler d'avenir.

Même si, une fois élus, ils gouvernent avec l'aide très importante de la lumière du passé.

Alors encore une fois merci à tous pour cette extraordinaire vague de témoignages chaleureux qui a déferlé dans mon téléphone depuis hier.

Du courage
17 Décembre

J'ai regardé des extraits de l'émission « Face à Baba » dont je n'ai d'ailleurs pas compris le titre.

Même si tu n'as pas l'intention de voter Zemmour, Messieurs Corbière et Caron te donnent envie de voter pour lui, rien que pour les emmerder.

J'admire la patience des candidats à la présidence de la république d'aller respirer des tocards pareils pendant deux heures.

Bon vendredi sous vos applaudissements.

Rungis mon amour
22 Décembre

Aujourd'hui, j'ai réalisé mon rêve d'adulte.

Le truc qui m'excite autant qu'un môme de dix piges qu'on enfermerait au rayon jouets un 24 décembre.

Grâce à mes deux bonnes fées, Maguy et Marc.

Je n'ai pas dormi de la nuit, car il fallait que je quitte ma campagne à 3 h 45 pour être au rendez-vous à 4 h 45 au marché de Rungis.

Rungis une fierté française, 246 hectares de barbaques, de pifs, de poissons dont les yeux sont bien plus vifs et plus frais que ceux du sinistre Aymeric Caron.

246 hectares de fruits, de légumes, de fleurs, de crustacés.

246 hectares de pur bonheur pour l'épicurien que je suis.

Plus de 16 000 personnes y travaillent pour en

faire le plus grand marché du monde.

Dès l'entrée, j'ai été fasciné par cette ville incroyable qui ne vit pratiquement que la nuit.

Quel plaisir de déambuler dans ces immenses allées.

Quel privilège d'assister au ballet incessant des camions, des fenwicks, des diables, tous pilotés de main de maître par des gens souriants, avenants, bosseurs, concentrés.

C'est ça ma France, celle qui se lève tôt et qui n'a pas peur d'affronter le froid pour nourrir toute l'Europe.

Quel pied d'avoir eu le privilège de vivre ce moment unique dans ma vie.

J'en ai profité pour faire quelques courses pour mes Noëls.

J'ai choisi la Bentley, le nec plus ultra, l'excellence, le stradivarius de la volaille :
le chapon de Bresse reconnaissable entre mille grâce à son maillot blanc orné du drapeau français et du label AOP.

Il vit en plein air évidemment, il est nourri de céréales, de produits laitiers et son appellation d'origine contrôlée date de 1957.

Certains disent même que son histoire remonterait à la Rome antique vers 160 avant Jésus.

J'ai un sentiment mêlé de joie de l'avoir sur ma table et de trac de le rater.
Car ce n'est pas une simple bête, mais une institution élevée avec amour par des producteurs de très hauts niveaux.

Il me faudra donc être à la hauteur de l'honneur qui m'est donné de cuisiner des bêtes pareilles même si ce ne sera pas la première fois.

Évidemment on trouve de tout à Rungis : en ce moment les fruits exotiques.

J'ai goûté des letchis qui m'ont mis la larme à l'œil.

C'est aussi la saison des premières truffes qui sont exceptionnelles cette année, et je les ai goûtées aussi.

Évidemment le foie gras est partout présent.
Nous avons eu un différend avec la comtesse.

Elle préfère le Canard, je préfère l'Oie.
Mais je me suis incliné, galant homme que
je suis.

Et puis Marc m'a recommandé les meilleures
patates pour une purée d'exception, élément
indispensable sur la table du Z.

Car non content d'être un excellent chanteur, il
est aussi spécialiste en la matière.

Enfin à 7 h 30, nous sommes allés prendre le
petit déjeuner où nous avons retrouvé des gens
formidables de gentillesse, drôles   et
conviviaux.

Un chef à domicile, un vigneron, un
restaurateur.

J'ai commandé une bavette saignante et mes
nouveaux amis ont sorti un magnum du
Bordeaux qu'ils produisent, parfait pour
07 h 30 du matin.

La comtesse était aux anges et mon fils Léopold

était aussi heureux qu'en « club avec ses copines ».

C'est fou ceque ça fait du bien de voir des gens positifs et bosseurs, bien loin des branlos pleurnicheurs dont on nous jacte à longueur de journaux télévisés.

Bien loin aussi des écolos qui inventent des « faux gras ».

D'ailleurs, je les invite à mettre leurs « faux gras » dans leurs « vrais derches », ça ne sera pas pire que ce qu'il y a déjà.

Bon maintenant le vioque est fatigué donc il s'est mis au paje histoire de ronfler quelques heures.

Je vais rêver de Rungis, l'endroit le plus branché du monde à mes yeux.

Bonne nuit et bon mardi sous vos applaudissements.

Claude Guéant
de Beauveau au bagne
22 décembre

En 1811 Vidocq ancien bagnard commence officieusement une grande carrière
de flic.

En 2021 Claude Guéant ancien premier flic de France finit une minable carrière d'escroc en col blanc derrière les barreaux.

Nous nous sommes tellement habitués à ce que nombre de politiques se foutent de nous que nous ne sommes plus étonnés de rien.

Pensées pour Michel Neyret un immense flic qui doit bien se marrer.

#AssiedsToiAuBordDeLaRiviereTuVerrasPasser
LeCorpsDeTonEnnemi

Hommage
Robin Le Mesurier
23 décembre

Tout petit déjà tu baignais dans le monde des saltimbanques.

Fils de l'excellent acteur John Le Mesurier, tu avais cette classe unique qu'ont les Anglais.

Et puis ce son de guitare… ton son à toi qui te classe parmi les très grands guitaristes mondiaux.

Rod Stewart et Johnny ne s'y sont pas trompés puisque tu les as accompagnés dans les années 80 pour l'un et de 1994 jusqu'à la fin pour l'autre.

Tu pars sur la pointe des pieds en cette veille de Noël prématurément à l'âge de 68 ans.

Merci pour tous ces Lives de bonheurs auxquels tu as grandement contribué.

Embrasse le boss.

So Long Robin Le Mesurier

220353-231221

Joyeux Noël
24 décembre

Voici venu le temps pour moi de souhaiter un joyeux Noël à tous les amis « Facebook » ceux que je connais comme ceux que je ne connais pas.

Un joyeux Noël et une pensée pour les anciens qui seront seuls ce soir et demain dans leurs Ehpads.

Un joyeux Noël aux soignants, aux flics, aux pompiers et tous ceux qui seront de garde ce soir et demain pour que nous passions de bonnes fêtes en famille.

Un joyeux Noël à mon petit Jésus qui je l'espère rejoindra la crèche de la comtesse ce soir quand nous aurons « bien mangé et bien bu avec la peau du ventre bien tendue ».

Enfin un message personnel à ceux qui mangent sans grossir en cette période grasse :

Vous méritez de baiser sans jouir.
Bon vendredi botté et hotté sous vos applaudissements.

Marléne Schiappa en cuisine avec Cyril Lignac sur M6

Mardi 28 décembre

Voici donc ce fameux « Nouveau Monde ».

Une « ministre d'on ne sait plus quoi » va cuisiner dans une émission populaire sur M6.

Et pour y faire quoi ?

Des œufs meurettes et un pithiviers jambon fromage.

Et pourquoi pas des carottes râpées tant qu'elle y est ?

L'année dernière c'était Roseline Bachelot qui me les gonflait avec sa recette de pâtes ou plutôt de « nouilles » tellement innommables qu'elle aurait pu nous déclencher une guerre fratricide avec l'Italie.

Y'a des jours où j'aimerais vraiment que le ridicule tue dans d'atroces souffrances.

421

La clape c'est sacré et on ne rigole pas avec.

Alors merci à cette néo-feministe » de continuer ses tutos maquillages et de laisser la cuisine tranquille.

Pour la ménagère de base que je suis, ces ministres qui ont dû croiser une cuisine deux fois dans leurs vies sont une insulte à l'art culinaire français.

Alors, remettons les points sur les i et les barres sur les t :

Les femmes au boulot, les hommes aux fourneaux.

Non, mais.

Publicité pour moi-même
30 décembre

Cette année 2021 a été riche en couillons, démentielle en abrutis de toutes sortes, légendaire en troudculs magnifiques.

J'ai hâte de les retrouver en 2022 du fin fond de ma campagne pour me marrer
encore plus.

Cette année les cons ont fait très fort, mais je les soupçonne de faire encore mieux l'année prochaine puisqu'ils sont partout.

Politique sport musique cinéma médias notre société n'est pas épargnée par les hurluberlus bien au contraire.

Alors pour ne pas oublier ceux de 2021 j'ai décidé de sortir mon recueil de chroniques en 2022.

Il sera édité « à compte d'auteur » et les bénéfices seront reversés à l'association « Ça va tout dans les fouilles du Z parce qu'il a des frais ».

Bon jeudi sous vos applaudissements nourris.

01 Janvier

Je ne vous souhaite pas encore

« Bonne année ».

« On n'a pas assez de recul ».

Printed in Great Britain
by Amazon

79458054R00243